遺品博物館

太田忠司

遺品博物館は、その名のとおり遺品を収蔵する博物館です。古今東西《ここんとうざい》、さまざまな遺品を蒐集しております。選定基準については諸事情によりお話しできません。ただ、その方の人生において重要な物語に関わるものを選ぶことになっております……生前に約束した遺品の寄贈を受けるため、契約者の遺族の元を訪れる遺品博物館の学芸員、吉田《よしだ》・T・吉夫《よしお》。この男が収蔵品として選ぶのは、死者自身の人生のみならず、遺された人々の人生にとっても重要な意味を持つ品々だった。彼が遺品と引き換えにもたらすのは、救済か、破局か——。熟練の技巧がえぐり出す、死者と生者を繋ぐ八つの謎物語。

遺品博物館

太田忠司

創元推理文庫

THE MUSEUM OF KEEPSAKES

by

Tadashi Ohta

2020

目次

遺品博物館

川の様子を見に行く

佐野知久《さのともひさ》は故郷を強く憎んでいたので、帰郷する日を心待ちにしていた。

およそ三十年前、江戸川乱歩《えどがわらんぽ》についての評論でデビューした佐野は、当時から斬新な視点と歯に衣《きぬ》を着せない論法で評価を得、以後のミステリ評論界を牽引《けんいん》する存在となった。またその端整な容貌とユーモア溢れる言葉の中に薬味程度の毒を効かせる語り口でテレビなどにもたびたび登場し、東京の街中を歩けば数人に振り返られる程度には顔が知られていた。

そんな彼が戸井仙村《といせんむら》のバス停に降り立ったのは、夏の陽差しの中にかすかな秋の気配を感じられるようになった九月初めのことだった。生成《きな》りの麻のスーツにパナマ帽という海外リゾートならば似合いもするが田圃《たんぼ》と大根畑が広がる日本の寒村にはいささか場違いな装いを見咎《みとが》める者も周囲にはいない。ただカラスが小馬鹿にしたような声で鳴くだけだった。佐野はそんな鳥の声など気にする様子もなく、ひび割れたアスファルトの上を歩きだした。

なだらかな一本道を五分ほど歩くと、やっと民家が見えてくる。どの家も築年数が五十年を優に超えていると見える古いものばかりで、手入れこそされているようだが老朽化は隠しようもなかった。佐野の表情に嫌悪の色が滲《にじ》んでくる。視線を真っ直ぐに向け、建物が視界の中心に入らないよう歩きつづけた。

彼は以前、コメンテーターとして出演したワイドショーで語ったことがある。

「古民家といえば聞こえがいいが、実際は住むのに苦労するような過去の遺物に過ぎない。ましてや特徴のない家が古びていくと、それだけで地域の印象を悪くする。そうしたものを放置しておくのは害毒でしかない」

この発言は放送後にいくつかのクレームを受けることになったが、佐野は発言を撤回しなかった。それどころか、連載を持っている雑誌に「老朽化した家を放置しておくのは罪悪だ」という主旨のエッセイを書き、糾弾《きゅうだん》を続けたのだった。

それほどまでに古い家を嫌悪する彼が目指しているのは、ほとんど朽ちているように見える一軒の民家だった。そこそこ大きな木造の建屋は瓦《かわら》屋根の重さに耐えかねて今にも崩壊しそうに見える。その家を取り囲む黒塀もところどころ板が外れて歯抜けのようになっていた。門柱に掛けられた表札も黒ずんでおり、かろうじて「友岡《ともおか》」という文字が読み取れた。

佐野は門の前に立ち、板の落ちた隙間から家を覗き込む。人の姿はないように見えた。

門は開かなかった。周囲を見回し誰もいないことを確かめると、覗き込んだ塀の隙間に手を掛けた。少し力をかければその板も外せそうだった。

そのとき、家のほうで何かが動いた。佐野は咄嗟《とっさ》に板から手を離し、あらためて覗き込む。縁側に面したガラス戸越しに人の姿が見える。家の中に誰かいるようだ。

佐野はその場で数秒考え込む。すぐに結論が出た。

門柱に古びたボタンがある。それを押した。かすかにどこかでブザー音がした。

しばらく間を置いて玄関戸が開く。出てきたのは年若い男だった。サンダルを突っかけ、こちらに向かってくる。

「はい、どちら様ですか」

か細い声で誰何《すいか》してきた。二十歳《はたち》そこそことといったところか。貧相な顔立ちで身に着けている衣服もファストファッションであることが一目でわかる。頭もあまり良くなさそうだ。御《ぎょ》しやすい相手だな、と佐野は値踏みした。

「突然申しわけありません。私、佐野と申します。この戸井仙村の出身で、以前こちらの友岡八千代《やちよ》さんに大変お世話になった者です。今日たまたま近くに参りましたのでご挨拶をと思いまして。八千代さんはご在宅でしょうか」

普段使い慣れない敬語で年下の男に話しかける。

「あ……」

一言、声にしたきり、男は黙り込む。

「どうかしましたか」

「佐野……あ……はい。じつは……」

なかなか言い出さない。佐野は苛立つ気持ちを抑えながら、相手の言葉を待った。

「大伯母は……亡くなりま――」

「亡くなった？　八千代さんがですか」

少し食い気味に訊き返す。

「ええ、はい」

「いつ？」

「その……一週間前です」

「そうでしたか。それはそれは。いや、驚きました」

あまり大袈裟《おおげさ》にならないよう留意しながら落胆してみせた。

「あの、よろしければ御焼香《ごしょうこう》させてもらえませんでしょうか」

「あ、はいはい。どうぞ」

門を開けた男に付いて家に入る。玄関は記憶にあるとおりだった。あの頃でさえ廃品同様だった下駄箱は斜めに傾《かし》いでいる。内壁もところどころ壁土が剝げ、竹の骨組みが露出していた。

「どうぞ」

若者が差し出したスリッパも何十年前の代物かと思うほど形が崩れ、汚れている。

「お邪魔します」

框《かまち》に上がったが、佐野はスリッパに足を入れなかった。屋内の空気もどこか埃っぽく、黴臭《かび》く感じられた。息をするのも嫌だったが、なんとか堪《こら》える。

「お仏壇は、どちらですか」

訊かなくても知っているが、知らないふりをして尋ねた。

「あ、こちらです」

男の案内で奥の部屋に向かう。

部屋に足を踏み入れた佐野は、一瞬身を強張《こわば》らせた。先客がいたのだ。

「お待たせしてすみません、吉田《よしだ》さん」

男は座布団の上で正座しているその人物に声をかけた。

「いえいえ、お構いなく」

先客はひょいと頭を下げた。年齢のわかりにくい顔をしている。身嗜《みだしな》みに気を遣っているのか、七三に分けた髪はきっちりとしていた。しかしまだ暑いのに冬物っぽい布地のスーツを着込んでいながら汗ひとつかいていないのは解《げ》せない。妙に杓子定規《しゃくしじょうぎ》な印象を与える黒縁《くろぶち》眼鏡と相まって、印象は薄いのにどこか浮世離れしているように見えた。

「こちら、大伯母に世話になったひとだそうです」

若い男が大雑把《おおざっぱ》に紹介すると、男は座布団を外して畳の上に正座し直し、

「はじめまして。私、遺品博物館の学芸員をしておりますす吉田・T・吉夫《よしお》と申します」

と、挨拶した。

「あ、どうも」

佐野も慌ててその場に座り、

「佐野、知久と申します」

挨拶を返しながら、考える。いひんはくぶつかん？　がくげいいん？　よしだてぃーよしお？　何だそれ？

尋ねようとしたとき、それより早く吉田なる人物が言った。

「間違っていたら申しわけありませんが、もしかして文芸評論家の佐野先生でいらっしゃいますか」

「ええ、そうですが」

「やはりそうでしたか。私、先生の御著書を読ませていただいております。『乱歩と芥川《あくたがわ》』はなかなか示唆《しさ》に富んだ評論集でしたね。『平成本格ミステリ批判』も『猫好きに善人はいない』も『男女平等という誤謬《ごびゅう》』もそれぞれ刺激的で面白く読ませていただきました。テレビでも何度か拝見しております。御著書と同様、舌鋒《ぜっぽう》鋭く論敵に挑みかかる姿勢には感銘を受けました」

「いや、そうですか。ありがとうございます」

喜んでみせるべきだろう。しかしここまで自分のことを知っている人間がこの場にいるというのは、あまり嬉しいことではなかった。

「僕もこのひと、知ってますよ」

若者が声をあげた。

「小説ミステリワイド新人賞の選考委員やってますよね。僕、あれに応募したことがあるんです」

「ああ、そうでしたか」

「落っこちちゃいましたけどね」

「それは、残念でしたね」

この男にまで素姓が知られてしまった。ますます都合が悪い。しかし今更、止めるわけにもいかなかった。話題を変えるために男に尋ねた。

「ところで、あなたはどなたですか」

「友岡八千代さんの姪孫《てっそん》に当たられる方です」

なぜか吉田が代わりに答える。

「仙洞省治《せんどうしょうじ》です」

後から本人が挨拶した。

「姪孫というと、八千代さんの妹さんの?」

「はい、仙洞美智代《みちよ》の孫です」

「そうでしたか。妹さんがいらっしゃるということは八千代さんから伺っておりましたが」

「祖母と大伯母は生前、あまり行き来はしてなかったんですけどね。手紙で作った俳句のやりとりとかしてたぐらいで」

「ああ、俳句ね。そういう御趣味があったことも存じています。ところで」

と、今度は吉田に向かって、

「失礼ですが、吉田さんはこちらとはどういう御関係でしょうか。先程、遺品博物館とか仰《おっしゃ》ってましたが」

「その名のとおり、遺品を収蔵する博物館です。古今東西《ここんとうざい》、さまざまな遺品を蒐集しております。歴史的に有名な人物から、市井《しせい》の方々のものまでいろいろとです。一般の方からの寄贈も受け付けております」

「遺品の寄贈、ですか」

「はい、遺品博物館では寄贈を希望される方と生前に面談し、亡くなられた後で然るべき遺品を引き取りに伺います。今回は友岡八千代さんの寄贈品を受け取りに参りました」

「八千代さんが遺品博物館への寄贈を希望していたんですか。どんなものを贈りたいと言ったんですか」

「いえ、ここは誤解のないよう申し上げておきたいのですが、何を収蔵するかは学芸員が選定することになっておるのです。そこに御本人の御遺志は反映されません」

「それは、どういう基準で決めるんですか」

「選定基準については諸事情によりお話しできないことになっております。ただ、ひとつだけ申し上げるなら、その方の人生において重要な物語に関わる物を選ぶことになっております」

「物語、ですか」

「ええ。そのために私どもは寄贈希望者に詳細な聞き取りを行っています。その方の人生を、できるだけこと細かくお伺いします」

「では、八千代さんの人生も？」

「はい、何もかも把握しております」

　吉田は言った。

「面白い。なかなか面白いですね」

腹の底が冷えるような気分を押し隠し、佐野は微笑《ほほえ》んで見せた。

「何が収蔵品となるか、これからお決めになるんですね」

「いえ、先程それは決定いたしました」

吉田は卓の下から、あるものを取り出した。

「……」

「どうかなさいましたか」

「いや、何でもない」

吉田に訊かれ、佐野はすぐに否定する。そして遺品博物館学芸員を名乗る男が卓の上に置いたものを見つめた。

木製の小箱だった。色合いの違う木片を組み合わせ、模様のように仕上げている。

「もしかしてご存じの品ですか」

「知らない」

佐野は即答する。逆に問いかけた。

「これは何ですか。寄木細工でしょうか」

「寄木細工の技法を施《ほどこ》した秘密箱です」

「秘密箱……」

「このままでは、この箱は開けられません。仕掛けが施されていて、一定の操作をしないと開けられないようになっているのです」

そう言って吉田は、木箱を差し出した。佐野は受け取り、ここかしこを触ってみた。が、箱は開かなかった。

「……たしかに、開けられませんね」

「ええ」

頷きながら吉田は、佐野を見つめた。佐野は手にした木箱を返す。そして尋ねた。

「あなたは、これを開けたんですか」

「いいえ。私には開けられませんでした」

「開けられなかった？　なのにどうして、これを選んだんですか」

「この秘密箱が八千代さんとご主人の思い出の品だからです。八千代さんが友岡征太郎《せいたろう》さんと結婚したのは今から六十年前でした。お見合い婚だったそうです。ふたりは箱根《はこね》に新婚旅行に行きました。その際にお土産《みやげ》として購入したのが、この木箱です。以来八千代さんの手許にはずっと、この箱がありました」

「仲が良かったんだね」

仙洞が言った。

「征太郎さんだっけ？　大伯父さんが亡くなったのは、たしか四十年くらい前だったかな」

「ええ、大雨が降ったときに川の様子を見に行って、そのまま帰ってこなかったそうです。遺体は後日、川下で発見されました」

「ああ、よくあるよね。豪雨なのに川とか田圃とかを見に行って落っこちて死ぬって話。どうしてそんな危ないことをするんだろう？　好奇心に負けるのかな？」

「それだけじゃない。もっと切実な理由もあるんだよ」

佐野は言った。

「田圃をやってると、用水路の水の管理がとても重要なんだ。水不足はもちろん、多すぎても稲が水を被《かぶ》ったり流されたりする。豪雨になるとどうしてもその危険がある。農家にとっては死活問題だ。危険だろうと何だろうと川の様子を見に行って、必要なら水門で水の調整をしなきゃならない。田圃が流されたらその年の収入が消えてなくなってしまうからな」

それは父親からの受け売りだった。

「なるほどねえ。そういうことなんだ」

仙洞は感心している。

「ご主人が亡くなった後、八千代さんはひとりでこの家を守ってこられたそうです」

吉田が引き継ぐ。

「もともと友岡の家は素封家《そほうか》で、そこそこの資産もあったので、暮らし向きにそれほど困りはしなかったそうですが」

「なら、どうしてこの家を直さなかったんだ？」

佐野は室内を見回す。

「こんなボロ家、さっさと潰して新築してもよかっただろうに」

「それが、そうもいかなかったようです」

吉田が答える。

「亡くなった征太郎さんは生前、遺言書を作られておりました。自分の財産はすべて妻である八千代さんに相続させる。ただし条件付きで」

「条件？」

「この家を取り壊さず住みつづけること」

「はあ、それで村から出ずにここにずっと住んでたわけか。酷《ひど》い話だな」

「酷い？　そうなんですか」

「だってこんな田舎に、それもこんなおんぼろの家に縛られてさ、ずっと生きてかなきゃならないなんて地獄だろ。いくら遺産をもらったからって、宝の持ち腐れじゃないか。そんな人生、どこが面白い？　そもそもだ、旦那はもう死んじまってるんだから、律儀に遺言なんか守んなくてもいいだろうが。遺産を手にできたら尻をまくって逃げ出せばよかったんだ。違うか？」

「そういう人生を、八千代さんは受け入れたのです」

「受け入れた？　どうだかな。そんな殊勝な女とは……あ、いや」

自分の言葉遣いが変わってきていることに気付いて、佐野は吉田と仙洞を窺う。特に不審に思われている様子はないようだった。いつもの癖でつい言わなくてもいいことを言ってしまう。

「ところで佐野先生は、友岡八千代さんとどのような御関係だったのですか」

その代わり、吉田が尋ねてきた。

「俺？　いや、私ですか。その、八千代さんには、昔いろいろとお世話になったんです」

慎重に言葉を選んだ。

「私の実家は、この家のすぐ近くにあったんです。なので昔から顔見知りでした。特にうちは父親が私の子供の頃に亡くなったので母親がひとりで百姓をしてましてね。ときどきこの家の手伝いもしていました。あと、仕事が忙しいときには私をこの家に預けたりしてたんです。八千代さんには子供がいなかったので、よくしてもらいましたよ」

「じゃあ、大伯母の子供みたいなものだったんですね」

仙洞が言った。

「子供……まあ、そんな感じではありました。でも私がこの村を出てからは連絡もしなくなって、もう何十年も会っていませんでした」

「それなのに今日は、またどうして来たんですか」

「それは……たまたまこちらに用事がありましてね、それで久しぶりに挨拶でもしておこうと思って。しかしまさか亡くなっていたとは思いませんでした」

「なるほど。これも何かの縁なんでしょうかね。まさか今日、ここに佐野先生が来るとはねえ。本当に奇跡だな」

仙洞は妙に感心している。

「あの、御焼香は」

「あ、そうでした。じゃあ、こちらへ」

と、襖《ふすま》を開けて隣室に案内する。かなり古い仏壇が鎮座している。これも佐野が記憶している昔のままだった。

「はい、では失礼して」

佐野は仏間に移動した。線香の香りと煙が室内に漂っていた。

仏壇を前に正座する。いくつもの古い位牌《いはい》に交じって真新しいものが一番前に置かれていた。「清祥院八恩大姉《せいしょういんはちおんだいし》」と書かれている。

焼香を済ませ、視線を上げる。仏壇が置かれた側の壁には、三枚の遺影が掛けられていた。その中の一番新しいものを、佐野は見つめた。黒紋付を着た老婦人が写っている。

「あまり、変わらないでしょ」

仙洞に言われた。

「大伯母は歳を取っても、あまり印象が変わらなかった。六十歳過ぎくらいからは歳を取らなかったみたいでしたよ」

「たしかに年齢のわりには若々しいですね」

言いながら佐野は、記憶の中の八千代を思い出す。たしかに変わらない。昔から老け込んだような顔をしていた。

「ところで、八千代さんはどうしてお亡くなりになったんですか」

やはり訊いておくべきだろうと思い、質問した。

「心筋梗塞《しんきんこうそく》でした。四年くらい前から心臓を悪くしてたんです。手術もしたんですが、よくならなくて」

「そうでしたか。痛ましいことです」

「八千代さんは二度目の手術を断られたそうです」

いつの間にか仏間に来ていた吉田が言った。

「もうこの年齢では手術は耐えられない。このままでいいと仰ったとかで」

「へえ、それは驚いた」

「なぜですか」

「あ、いや、八千代さんは生きることに熱心というか、肯定的なひとだったと記憶してたんでね。まさかそんなことを言うとは」

「年齢を重ねられて、いろいろと思われることがあったんでしょう。私の聞き取りの際にも『もう、いつ死んでもかまわない』と仰られていました」

「ほう……」

相槌《あいづち》を打ちながら佐野は、わだかまっている疑問を口にすべきかどうか迷っていた。

「何か、お尋ねになりたいのですか」

吉田に先んじられた。顔に出ていたらしい。

「その、八千代さんは、私のことも何か言ってましたか」

「はい、一言だけですが」

「何と？」

「『佐野さんの坊やには世話になった』と」

「それだけ?」

「はい、それだけです。何かお心当たりがありますか」

「いや、ない。その頃はまだ二十歳にもなってなかった。世話なんかできるわけがない……です」

「でも大伯母さん、感謝してたみたいですよ」

仙洞が言う。

「遺言書にも書いてあったくらいだし」

「遺言書に? そんな話、さっきはなかったが」

「名前は書いてなかったんですよ。ただ『隣人のおかげで今の自分がある』って。その隣人って、佐野さんのことですよね?」

「いや……それは多分、おふくろのことだ。八千代さんとは仲が良かったから」

「ああ、お母さんね。なるほど、今はどこにいるんですか」

「死んだ。三十年も前だよ……いや、前です」

またしてもぞんざいな口調になっている。

「八千代さんには先生も、先生のお母様も、大事な方だったのでしょうね」

吉田が得心したように言った。

「今日こうして御焼香にいらっしゃることになったのも、何か因縁《いんねん》のようなものを感じます」

「因縁ねえ」

皮肉っぽい言いかたになりそうなのを、佐野はなんとか堪えた。

「まあ、たしかに縁の深いひとでした、私にはね」

そのとき、仙洞が声をあげた。

「そろそろバスが来ますよ。吉田さん、もう出たほうがいいですよ。ここのバス、一時間に一本しかないから」

「おや、そうですか。ではそろそろ失礼いたしましょうか。仙洞さん、お世話になりました。それから佐野先生、お会いできて光栄でした。では」

「あ、ちょっと待ってください。私も行きますよ」

佐野は立ち上がる。

「今日中に東京に帰らないといけないので」


佐野は吉田と一緒に友岡の家を出た。

「仙洞さんは帰らないんですかね」

バス停に向かう道すがら佐野が尋ねると、

「あのひとは、あの家に住んでいるのですよ」

「え？」

意外な話だった。

「あんなボロ家に？　物好きだな」

「それが遺言だそうですから」

「遺言？　もしかして八千代さんのですか」

「ええ、あの家を取り壊さず住みつづけることを条件に、仙洞さんは八千代さんの財産すべてを相続したのです」

「遺言書にそんなことが……でもそれって八千代さんの旦那さんの遺言と同じじゃないか。どうしてそんなに、あの家にこだわるんだろうねえ？」

別に答えを求めて尋ねたわけではなかった。吉田がそんなことを知るはずもない。

「これは推測ですが」

しかし、彼は言った。

「征太郎さんも八千代さんも、あの家を取り壊したくなかった。それを恐れていたのです」

「どうして？」

「私ども遺品博物館では遺品の寄贈者登録をする際に、本人への聞き取りと並行して周辺事情についても調査をいたします。友岡さんのあのお宅が建築されたのは昭和初期、西暦で言うと一九二〇年代のことでした。当時の友岡家はすでに大層な資産家だったようですが、資産を生んでいたのは近隣の森の木の伐採権《ばっさい》によるものでした。その権利はもともと友岡家の本家筋である佐野家のものでした」

「佐野家って……ちょっと待ってくれ。それって俺の家のことか」

「そうです。ご存じなかったんですか」

「いや、全然知らなかった」

予想外な話を聞かされ、佐野は困惑する。

「俺の家と友岡の家は血縁があったのか」

「大正時代、佐野家はこのあたりでも最も裕福な家でした。しかし当主の佐野正栄《しょうえい》が事業に失敗し、多額の負債を抱えてしまいました。そして借金返済のために持っていた山を売り払った。その相手が友岡家だったのです」

吉田は歩きながら話しつづける。

「しかしここでひとつの揉《も》め事が起きました。友岡が契約の際に不正をして充分な金を払わなかったと、正栄が言い出したのです。彼は連日友岡の家に出向いて難詰《なんきつ》し、訴訟も辞さないと主張したそうです」

「そりゃ大事《おおごと》だな。それで、訴訟の結果は？」

「いえ、訴訟はされませんでした。騒動の最中に正栄が突然姿を消したからです」

「いなくなった？　どうして？」

「理由はわからないままです。ともあれ、騒いでいた正栄が姿を消し、契約の不正を証明するような証拠もなかったことから、友岡家は訴えられませんでした。そのまま現在に至るというわけです」

「知らなかった。そんなことがあったのか。親父もおふくろも、そんなことは一言も教えてくれなかったが」

「正栄は佐野家でも大言壮語の厄介者、家運を傾けた張本人として嫌われていたようです。かたや友岡家は家の危難を救ってくれた恩人として感謝こそすれ、根拠のないことで訴えるなどできない相手でした。その力関係のまま、現在に至るというわけです」

「そうか……親たちが友岡に妙に卑屈だったのは、そういう因縁があったからなんだな」

佐野は苦い思いが込み上げてくるのを感じた。

「だけど、それと友岡家があのボロ家を壊そうとしない理由に、どんな関係があるというんだ？」

「友岡の家が建てられたのは、正栄が行方不明になって間もなくでした。それだけでは根拠が薄いとは思いますが、推測の根拠にはなると思います」

吉田の言葉の意味を理解するのに、少し時間がかかった。

「……まさか」

「あの家を取り壊し、跡地を掘り返したりすると、友岡家にとって都合の悪いものが出てくるのかもしれません。佐野正栄の骨、とか」

「友岡の連中が殺したというのか」

「断定はできません。しかし先祖が金儲けのために不正を為《な》して、その証拠を握って訴訟を起こそうとしていた人物を殺害して埋め、その上に家を建てて隠蔽《いんぺい》していたとなると、あまり人聞きのいいことではありませんね」

聞いているうちに怒りが込み上げてくる。

「なんてことだ。畜生！」

佐野は踵《きびす》を返した。

「どこに行かれるのですか」

「決まってるだろ。仙洞に言って俺の遺産を要求するんだ。あの家の財産はもともと佐野家のものだ。それを人殺しまでして分捕《ぶんど》るなんて、そんなこと許せるか」

「お待ちください。私の今の話はあくまで推測です。証拠などどこにもないのですよ」

「家の下を掘り返せばいい。正栄の骨と、もしかしたら正栄の訴えが正当だったっていう証拠も見つかるかもしれん」

「たとえ見つかったとしても、事件はすでに時効です。佐野先生が主張しようという権利も、認められる可能性はありませんよ」

「そんな……だが……」

佐野は苛立った。たしかに吉田の言うことは正しい。だが、納得ができない。

「友岡の連中はずっと、ずっとずっと俺たちのことを馬鹿にして、侮辱して、こき使ってきたんだ。おふくろだって親父が死んだ後、へいこらしながら八千代に仕事を貰ってたんだぞ。俺は大学に行く金もなくて、だから……」

言いかけて、言葉を呑み込む。

「お気持ちはわかります。しかし、今となっては詮《せん》ないこともあります」

吉田が言う。

「それに仙洞さんが相続した八千代さんの遺産も、それほど多額というわけではありません。あの村で慎ましく生活すればなんとか生きていくことができるという程度の額です」

「だとしてもだ。こんなことが許されるなんてことは――」

「すべての犯罪が明るみに出て裁かれるわけではない、ということは先生もよくご存じだと思いますが」

吉田の言葉が、佐野の感情に冷水《ひやみず》を浴びせた。

そうだ。この男の言うとおりだ。

「……わかりました。先祖が受けた屈辱については、もう忘れましょう」

「それがよろしいと存じます。人は生きているかぎり、前を向いていかなければなりません」

そうだ。生きていくために前を向こう。自分のするべきことをしよう。

バス停に着いた。程なく今でもまだ走っているのが不思議なくらい古いバスが砂煙を立てながらやってきた。

車内に乗客はいなかった。佐野は吉田の隣の席に座った。どの席も空いているのに離れて座らないことを不審に思われるかと危惧したが、そんな様子は見られなかった。

「そういえば先生が先日雑誌に書かれていた書評、なかなか面白く拝読いたしました」

などと彼のほうから話しかけてくる。佐野は適当に受け答えしながら、タイミングを待った。

「ところで遺品博物館には、さぞかし珍しい遺品が集められているんでしょうね？」

まずは釣り糸を垂らす。

「いろいろと収蔵しておりますよ。たとえばバルザックが使っていたペンとか」

「ほお」

「キュリー夫人が使っていたバッグとか」

「ほお」

「山田《やまだ》藤夫《ふじお》さんが使っていた文鎮《ぶんちん》というのも」

「山田？」

「昨日私が博物館に収めた品物です。山田さんは高松《たかまつ》で寿司屋を営んでおられました。書が趣味で店に並べるお品書きも全部ご自分で書かれていたんですよ」

「なるほど、ね。そういう一般のひとの遺品も集めているわけですか。しかし、なぜ？　どうして遺品を集めているのですか」

「簡単には申せません。博物館については、あまり公《おおやけ》にすることはできないのです。ただ一言申し上げることができるとすれば、遺品とは人の歴史を語る証言者だということです。だからこそ蒐集する意味があると思っております」

いやに曖昧な言いかただった。どこか秘密めいたところがある。

「八千代さんの秘密箱も、歴史の証人になるとお考えですか。私はあまり賛同できませんが。だってあれ、ただの土産物ですよ。どこにだって売っている。別に世界に唯一のものではないでしょう？」

「お言葉ですが、この箱は」

と、吉田は鞄から例の木箱を取り出す。

「これには物語があります。友岡征太郎さんと八千代さんの物語が」

「それは誤解だと思うなあ。だってあのふたり、全然仲なんか良くなかったし。むしろ憎み合ってたくらいなんだ」

「でしょうな。征太郎さんが亡くなる前の頃は夫婦仲が最悪だったようですし」

「それも、八千代さんが話したんですか」

「いいえ、征太郎さんのことはあまりお話しされませんでした。これは私が独自に調べたことです」

「じゃあ尚更《なおさら》、この箱に八千代さんの物語なんかないことはわかるでしょう？　これは博物館に入れるのに相応《ふさわ》しいものではありませんよ。もっといいものがあります」

佐野は自分のバッグから一冊の本を取り出した。

「これ、生前に八千代さんが自費出版した句集です。私のところにも一冊送られてきました。出来はまあ、所詮素人《しょせんしろうと》の趣味でしかないが、それでもこちらのほうが本人の人柄を知ることができると思いますがね」

「なるほど、句集ですか」

吉田はその本を受け取った。

「なんでしたら、その本を差し上げます。それを博物館に収めればいい。木箱のほうは私が仙洞さんに返しておきますから」

「それはそれは、御親切なお申し出です」

吉田はにっこりと微笑み、

「しかし、辞退させていただきます」

と、本を返してきた。

「八千代さんが句集を出版されていることは、もちろん承知しております。その上で今回は、収蔵品には選びませんでした」

「どうして？　どうして選ばないんだ？」

「選定基準についてはお話しできません」

「何言ってんだ！　どう考えてもこっちのほうが正しいだろうが」

佐野は激昂《げっこう》した。

「気取りくさって何を偉そうにしてるんだ！　何が遺品博物館だ。どうせ私設のどうでもいい施設なんだろう？　いや、もしかしてあんたひとりでやってるんじゃないのか。博物館とかなんとかかっこつけてるが、あんたが趣味であちこち廻って益体《やくたい》もないものを集めているだけなんじゃないのか。八千代もどうせあんたに騙されて渡すつもりになったんだろ。あんたは詐欺《さぎ》師《し》だ。警察に訴えてやる！」

佐野の罵詈《ばり》雑言《ぞうごん》を、吉田は穏やかな表情で受け止めていた。

「いいから、その箱をこっちに寄こせ！　この泥棒野郎が！」

「それほどまでに、この箱を御所望《ごしょもう》ですか。いや」

吉田は木箱を眼の高さに上げた。

「それほどまでに、この箱の中身がご入用《いりよう》ですか」

うっ、と佐野は息を呑む。

「なかなか興味深いことです。この箱の中身を手に入れるためなら、あなたは私を殺すかもしれませんね。かつてのように」

「何を……何を言ってる。訳がわからない」

「わからないことはないでしょう」

吉田は薄く微笑んだ。

「あなたは、友岡征太郎さんを殺害した」

一瞬、吉田の顔が悪魔めいて見えた。

「……よしてくれ。何だそれ。征太郎は大雨の日に川を見に行って落ちたんだ」

「落ちたのではない。落とされたのです。あなたが川べりにやってきた征太郎さんの背中を押して、殺したのです」

「そんな……どこに証拠が……」

「証拠なら、ここに」

吉田が木箱を振った。

「この中には証文が入っていました。あなたと八千代さんの間で取り交わされたものです。あなたは征太郎さんを亡き者にする。その対価として八千代さんは、あなたの進学のための資金を援助する。おかげであなたは東京の大学に進学でき、現在の地位を手に入れることができた」

「……読んだのか」

「読ませていただきました。あなたと八千代さんの血判《けっぱん》付きでしたね」

「そうか……読んだのか」

佐野は肩を落とした。

「先程も申しましたとおり、八千代さんはあなたには感謝しているとだけ仰っていました。もちろんこの犯罪については一言も話されていません」

「感謝って……勝手なことを。あの女、俺に自分の旦那を殺させたんだぞ」

「八千代さんは征太郎さんについて『悪いひとではなかった』と仰っていましたが、それは言外に『いいひとでもなかった』と言っているようにも受け取れました」

「そのとおりだ。征太郎は最悪な男だった。女房の八千代をいつも殴っていた。まあ八千代のほうも黙って殴られているような大人《おとな》しい女でもなかったが。とにかく憎み合っていた。どっちかがどっちかを殺すまで収まらない状態だった。そして、先に八千代が征太郎を殺すことを決断した。そのために俺を使った」

「あなたは金のために殺人を引き受けた」

「大学に行きたかったんだ。いや、それ以上にこの村から出ていきたかった。このくそったれな村から。そのために、やった」

佐野は言った。

「証文は最初、八千代に約束を守らせるために俺が作らせた。大学に行っている間に資金援助をやめないようにな。だから二通作った。一通が俺、もう一通を八千代の手許に置いた。八千代は俺が就職するまで金をくれた。約束が果たされて、俺にとって証文は必要のないものになった。それどころか、人殺しを請け負った証拠になってしまった。俺は手許にあった証文をすぐに燃やした。だがもう一通が八千代の手許にある。その木箱に収められるのを、俺は自分の眼で見ていた。あれをなんとかしなければと思っていた」

「なんとか、というのはつまり、証文を盗んで焼いてしまうこと。そして秘密を知っている八千代さんを殺害すること、ですね？」

「……そうだ」

「でも、あなたはそうしなかった」

「決断できなかったんだ。もしも新たな犯罪に手を染めたら、今度はそっちの発覚を恐れなければならなくなる。ばれたら闇に葬られている過去の犯罪も含めて、俺のやったことがすべて暴露されるかもしれない。だが今は少なくとも八千代を刺激しないかぎり、秘密が洩れることはない。寝た子を起こすような真似をしてはいけない。気持ちが揺れた。ずっと爆弾が爆発することを恐れながら生きていくか、危険を冒してでもその爆弾を処理するか。心を決められないまま時が過ぎた。そして時が俺に味方した。八千代が死んでくれたんだ。これでひとつ、心配の種が消えた。あとひとつ、あの証文を手に入れられれば」

「それで今日、いらっしゃったのですね？」

「八千代はひとり暮らしだったから、誰も家にはいないと思った。こっそり忍び込んで木箱を盗み出そうと思っていた。なのに、ふたりもいたなんてな」

佐野は溜息をついた。

「これからどうする？　俺を警察に突き出すか。だが言っておくが、俺のやったことも佐野正栄殺しと同じく、もう時効だぞ」

「承知しておりますよ。そんなことはいたしません。私はただ、この箱を遺品博物館に収蔵するだけです」

「本当に？」

「ええ」

「そうか。じゃあ、なんとか箱を開けて中身を俺にくれないか。あんたが必要なのは木箱だけだろ？」

「そうですね……」

吉田は少し考えているような素振《そぶ》りだったが、

「わかりました」

そう言うと、木箱の片隅を押したり、表面の木片を引っ張ったりした。すると箱の一面がスライドして中が開いた。出てきたのは一枚の紙だった。

「どうぞ」

受け取った紙を、佐野はそっと開く。間違いなかった。その場で細かく千切り、紙片はポケットに突っ込んだ。

「これで一安心だ」

「左様《さよう》ですか」

吉田は箱を元に戻し、鞄に収めた。

「あんたにわかるか。何十年と俺を苦しめてきた元凶が今、消えてなくなった。もう過去は俺を縛らない。俺は自由だ」

佐野は言葉を吐いた。

「神だろうと悪魔だろうと気にしない。どっちにも唾をひっかけてやる。くだらないことを言う連中やくだらないものを書く連中を俺の言葉で引きちぎってやる。何度でも言う。俺は自由だ」

喋りながら、気分がどんどん高揚していく。

「知ってるか。俺の親父も大雨のときに川の様子を見に行ったんだ。田圃が心配だからって言ってな。そして溺れて死んだ。征太郎と同じだ。あいつを川に突き落とすとき、俺は親父のことを考えてた。落ちた征太郎の姿が濁流《だくりゅう》に呑み込まれて見えなくなったとき、俺は自分の親父を殺したような気になっていた。もしかしたら、本当にそうだったのかもしれん。親父も俺が突き落として殺したのかもしれん。なあ、そう思わないか。そうだったとしても俺は罪に問われない。時効だからな。そう、俺は自由なんだ」

佐野が嬉々として喋りつづけるのを、吉田は我関せずといった様子で聞き流している。

「そういえばあんた、嘘をついたな」

「嘘ですか。はて、いつ嘘を言いましたかな？」

「さっき友岡の家で、この箱は開けられなかったと言ったじゃないか。なのにあんた、開けかたを知っていた。中身も見ていた。この嘘つきが」

「私は嘘など言っておりませんよ」

　吉田は答えた。

「私は箱を開けることができませんでした。開けかたは教えてもらったのです」

「教えられた？　誰に？」

「もちろん、仙洞さんにです。あの方はこういうものが得意だそうで」

「……ちょっと待て。開けたのは仙洞？　じゃあ、あいつも中身を見てるのか」

「はい、見ています」

「あいつも、俺のやったことを……」

「八千代さんとの契約については承知していますよ。あなたに対して一方《ひとかた》ならぬ憤《いきどお》りを感じていらっしゃったようです」

「どうして？　あいつには関係ないだろうが。八千代が征太郎の遺産を手にして、それを今度はあいつが全額受け取った。俺のおかげじゃないか」

「そのことではありません。あなたに自分の将来を閉ざされたそうです」

「言ってる意味がわからん」

「仙洞さんは小説家志望だそうでしてね。自信作を新人賞に送ったそうです。しかし落選してしまった。そのときの選考委員が、あなただったそうで」

「ちょっと、ちょっと待ってくれ。新人賞って、あれか、さっきあいつが言ってた小説ミステリワイド新人賞か。あれの最終選考に残ったって？」

「いいえ、一次選考で落ちたそうです」

「おいおい、一次選考は俺の仕事じゃないぞ。俺が落としたわけじゃない。それは誤解どころか、言いがかりだ」

「しかしながら仙洞さんは、あなたが原因に違いないと仰ってました。だから報復すると」

「報復……」

――まさか今日、ここに佐野先生が来るとはねえ。本当に奇跡だな。

仙洞の言葉を思い出す。いやな予感がした。

「仙洞さんは先程の証文をスマホで撮影していました。今頃は画像をSNSで公開しているかもしれません。『佐野知久の隠された犯罪を暴く』などとタイトルでも付けて」

「そんな……」

目の前が暗くなる、という形容の意味を、身をもって知った。

「今日――佐野先生は大雨の日に川に様子を見にいらしたんですよ」

吉田は言った。

「そして、落っこちてしまったんです。自《みずか》ら足を滑らせてね」

ふたりの秘密のために

あまりに多くのひとに愛されていたがゆえに、嶋野《しまの》栄徹《えいてつ》氏の葬儀は憎悪に満ちていた。

七十一歳という、早世とは言い難いものの当節としてはいささか早かったようにも思える嶋野氏の死を悼《いた》む者は多い。江戸時代から大名家の典医を務め、代々医療の歴史に足跡を残してきた嶋野家の六代目当主であった彼は、常に最先端の技術を取り入れ、父が設立した聖星会《せいせいかい》をこの国でも有数の医療法人へと躍進させた。同時に彼は資産運用の才にも長《た》けており、不況の波を巧みに乗り越えながら莫大な財産を有するに至ったのである。

こうした傑物はややもすると冷酷な吝嗇家《りんしょくか》か陰険な暴君と思われがちだが、嶋野氏に限ってそのような中傷に塗《まみ》れることはなかった。終生妻や子供を愛し、患者には誠意を尽くし、さらには経済的な問題で生活や進学に支障のある子供たちへの援助も惜しまなかった。楽しみと言えば仕事を終えて自宅に戻ってから一杯のウイスキーを嗜《たしな》むことと深夜の読書くらいで、一個人としてはささやかで穏やかな生活を楽しんでいた。四年前に妻が逝去した後も、毎日の習慣を変えることなく日々を過ごしていた。急な心不全で倒れたのも病院で定例の会議をしている最中だった。

嶋野氏の死は地元紙が大々的に報じ、彼の恩恵を受けた者は皆等しく哀悼《あいとう》の意を表した。彼の名前を冠した幼稚園は半旗を掲げて園児たちも喪に服し、彼が土地を寄付して作られた公園には献花台が設けられた。まさに名士であった。

嶋野氏は妻との間に三男二女をもうけた。彼は子供たちに均等に愛情を注いだ。分け隔《へだ》てすることなく愛《いとお》しみ、応援した。

もしも嶋野氏の人生に瑕疵《かし》があったとするなら、この公平さこそが素因だったかもしれない。長男の秀伸《ひでのぶ》は父と同じく医学の道に進んだ。彼を知る者は一様に「凡庸」の一言でその人物像を評する。そこそこの医大をそこそこの成績で卒業し、医師となって父親の病院に勤務するようになってからも患者からの評価は「可もなく不可もなく」だった。彼自身はそのような世評に対してはあまり思うことはないようで、嶋野氏亡き後の自分の処遇についても頓着《とんじゃく》する様子もなかった。しかし彼の妻である里子《さとこ》にはそれが承服できなかった。聖星会理事長夫人となることを前提として彼と結婚したからだ。彼女は夫の不甲斐なさに憤《いきどお》り、彼の尻を叩いて正当な権利を主張させようとしていた。

次男の智之《ともゆき》の性格を一言で表すなら「野心的」だった。兄の秀伸よりはランクの高い医大を卒業した後、海外の有名な医療施設をまわり知見を広めてきた。最新の技術と設備に詳しいのには父親譲りの特質で、嶋野病院の名声をさらに高めることを自《みずか》らの務めと考えていた。投機に積極的なのも父親と同じだが、残念なことに相場を読む才能と運は引き継いでいなかった。誰にも言わないがかなりの借金を抱えており、それを補塡するためにも聖星会の実権を握りたいと切望していた。

長女の深雪《みゆき》も積極性という点では智之や兄嫁である里子に引けを取らなかった。彼女は医大に進まなかったが、夫である小松崎滋《こまつざきしげる》は国内有数の外科医として名を知られていた。彼自身は「医は仁術《じんじゅつ》」という言葉を金科玉条《きんかぎょくじょう》として実践しているかのような人物で、できれば国境なき医師団の一員として海外に赴《おもむ》き、戦火の下で怪我や病に苦しんでいる人々を救いたいと願っていた。しかしそれには深雪が猛反対した。金にもならない行為など彼女にとっては意味不明の愚挙に他ならなかったからだ。夢のようなことばかり言っている夫を足止めするためにも理事長の椅子が足枷《あしかせ》として必要だった。

三男の虎雄《とらお》はある意味、時代の寵児《ちょうじ》だった。「医療コンサルタント」という肩書で何冊もの本を書き、いずれもベストセラーとなっている。分野は癌《がん》治療、認知症対策、ダイエットに美容と幅広く、雑誌やテレビなどにも頻繁に顔を出していた。肩書にはっきり「医師」と書かないのは医大を中退したために医師免許を持っていないからだが、そのことは嘘にならない程度に隠している。兄弟姉妹の中で最も知名度が高く収入も多いのだが、その分浪費も相当なもので常に金には困っていた。また医師になれなかったことで兄たちからは落ちこぼれと見做《みな》されており、そのことで強い劣等感を抱いていた。医師でないため理事長にはなれないし、諸般の事情から今は理事でさえないのだが、再び聖星会で自分の立場を強固にすることができれば資金面でも強力な助けとなり、兄たちへの屈折した思いを克服することもできると考えていた。

次女の沙恵《さえ》は同じ医師でも臨床ではなく基礎研究を目指した。最高峰の医大を卒業後にアメリカに渡り、続いてイギリスやフランスなどで最先端の研究を続けた。彼女が書いた論文は著名な科学誌に掲載され、多くの研究者に衝撃を与えた。アルツハイマー型認知症の分野においては世界でもトップクラスの研究者として注目されており、多くの研究機関から勧誘の声がかかっていた。この国でももちろん然《しか》るべき待遇をもって招聘《しょうへい》しようとする大学もあった。しかし彼女はけっして帰国しようとはしなかった。嶋野家の人間の近くには行きたくなかったのだ。彼女は自分の兄弟姉妹を心の底から軽蔑し憎んでいた。彼らの誰よりも優秀だったがゆえに、子供の頃から彼らに妬《ねた》まれ、虐《しいた》げられてきた。沙恵の憎悪は無償の愛を注いでくれた父にも向けられていた。無能で卑劣極まりない兄や姉たちも平等に溺愛していたからだ。だから嶋野氏の葬儀にも本当は出席したくなかった。父親の死去に伴う子供として必要な事務処理のため、やむを得ず帰国したのだった。

このように嶋野家の兄弟姉妹はそれぞれの思いから憎悪の感情を抱きつつ、父親の葬儀に臨んでいた。医学界や政財界、患者として恩恵を受けた著名人が参列し、表向きは平穏に、そして盛大に式は進行した。黒塗りの霊柩車が棺《ひつぎ》を乗せて火葬場へと走り、嶋野氏は骨になるまで焼き尽くされた。白い骨壺の中に納められた彼は程なく自宅に帰還した。

そこには弁護士の武中作治《たけなかさくじ》が待っていた。嶋野氏の遺言状を公開するためである。

武中弁護士は当初、葬儀の日に遺言状を持参することを拒《こば》んだ。故人を平穏に送り出したかったからである。しかし遺族は一刻も早い遺言状公開を望んだ。彼らの恫喝《どうかつ》に近い申し出に武中も同意せざるを得なかった。

嶋野家の応接室に集まった人々は皆、武中の雄鳥《おんどり》のように尖った顔を見つめた。彼はその視線に抗するように一同を見つめ返す。そして隣に座るひとりの人物に向かって頷いた。

小柄な男性だった。年齢はよくわからない。三十代にも見えるし五十代と言われても違和感がない。髪にきっちりと櫛《くし》を入れ黒縁《くろぶち》のオーソドックスな眼鏡を掛けているせいもあって、とても律儀な印象を受ける。しかしながら身に着けているグレイストライプのスーツはいささかオーバーサイズ気味で、あまり洗練されているようには見えなかった。

嶋野家の人々にとってその人物は初対面だった。武中弁護士が連れてきたのだが、ふたりの関係がよくわからない。同僚や部下にしては妙によそよそしいのだ。

武中は小さく咳払いをしてから、語り出した。

「さて皆さん、お申し出に従いまして本日、嶋野栄徹氏の遺言状を持参いたしました。が、そのことについてお話しする前に、栄徹氏の類《たぐい》まれな才能と生前の偉業を称《たた》えるとともに、この度のご逝去に際し深く哀悼の意を表したく思います。栄徹氏と私の交流は私が新米の弁護士として法曹界に足を踏み入れました昭和――」

「待った。俺たちがあんたを呼んだのは、長ったらしい思い出話を聞くためじゃないぞ」

武中の言葉を智之が遮った。

「用件は効率よく片付けようじゃないか。遺言の中身を教えてくれ」

「まあまあ、そう急ぐこともないでしょう」

里子が余裕ありげな表情で義弟を制した。

「遅かれ早かれ遺言の内容はわかるんですから。そうでしょ？」

と、武中に笑みを送る。

「お義姉《ねえ》さんの言うとおり」

深雪が同調する。

「楽しみは後に取っといたほうがいいわ」

「楽しみ？　姉さんは親父が死んで遺産を手に入れることが楽しいのか。とんだ孝行娘だ」

嘲《あざけ》るように言ったのは虎雄だった。深雪は一瞬きつい視線を弟に送ったが、すぐに表情を和らげ、

「皮肉を言うのがそんなに楽しい？　お子さまねえ」

と返す。幼少の頃から姉に子供扱いされることを嫌っていた彼の性分を熟知しているがゆえの反撃だった。案の定、虎雄の顔色が変わる。

「いい加減にしないか。親父の葬式の日ぐらい喧嘩をするな」

秀伸が長兄らしく仲裁《しか》に入る。しかし深雪と虎雄の睨みに臆して肩を竦《すく》めた。里子はそんな夫の不甲斐なさに顔を顰めた。

沙恵はひとり侮蔑の感情を胸に秘めながら、無言で兄や姉たちの醜態を傍観していた。

「皆さんのお気持ちは、よくわかりました」

武中弁護士は幾分うんざりとした顔で言った。

「ではご希望に応えて、遺言書を開封いたします」

黒鞄から一通の封筒を取り出す。嶋野一族の視線が一斉に集まった。

武中はその場で封を切り、中に入っていた書類を抜き出し、読み上げた。

「『私、嶋野栄徹は次のとおり遺言する。私が所有する土地、家屋、預金、債権、並びに聖星会の事業運営を次女、嶋野沙恵に譲るものとする』」

とたんに一同から声があがる。

「何だって？」

「どういう意味だ？」

「ちょっと待ってよ！」

遺言に無頓着と思われていた秀伸さえもが驚きの声をあげた。

ただひとり、沙恵だけが無言だった。予想外の内容に言葉を失ったのだ。

「お静かに願います。まだ途中です。最後までお聞きください」

武中は騒ぐ彼らを鎮める。

「読み上げます。『ただし、以下の条件を沙恵が承諾した場合にのみ、この相続を認めるものとする。
一、帰国し、以降生涯に亙り定住すること。
二、これまで行ってきた研究を止め、聖星会の運営に専念すること。
三、三年以内に結婚すること。

これらの条件を承諾しない場合、相続権を放棄したものと見做《みな》し、聖星会の事業運営は長男秀伸に譲り、その他の財産は秀伸、智之、深雪、虎雄の四人が均等に相続するものとする』」

沙恵を除く兄弟姉妹は互いの顔を見つめ合った。武中はさらに続ける。

「『最後に、沙恵がどのような決断をするにせよ、それとは関係なく私の所有するものの中のどれかひとつを遺品博物館に寄贈する。何を寄贈するかについては博物館関係者に一任する。遺品博物館への寄贈が行われなかった場合、前記の内容はすべて破棄し、全財産は嶋野育英会へ寄付し、聖星会は理事会の合議によって運営する』

以上です」

「遺品博物館？　何だそれ？」

智之が尋ねた。武中は軽く咳払いし、

「それについては、この方に説明していただきます」

そう言って、また隣の人物に視線を送る。あの男だ。

彼はゆっくりと立ち上がり、一礼した。

「はじめまして。私、遺品博物館の学芸員をしております吉田《よしだ》・T・吉夫《よしお》と申します。故嶋野栄徹氏の申請に従い、収蔵品の選定と受け取りに参りました」

アナウンサーのような響きのある深い声だった。

「吉田さん、お尋ねしていいですか」

秀伸が言った。

「遺品博物館というのは、何ですか」

「その名のとおり、遺品を収蔵する博物館です」

吉田が答えた。

「当館では古今東西《ここんとうざい》の遺品を蒐集しております。歴史上の人物や著名人のものもありますが、一般の方からの寄贈も受け付けております」

「どういうものが収蔵されてるんです？　遺品といってもいろいろあるでしょうが」

「収蔵品の選定は私たち学芸員が行っております。選定基準については諸事情から詳細をお教えすることはできませんが、基本的には物語を重視しております」

「物語？」

「その遺品がどのような物語を持っているか、ということです。当館では寄贈希望者の方に生前から聞き取り調査を行い、その方の人生がどのようなものであったかを把握しております。その上で亡くなられた前後の状況も加味し、収蔵品を決定いたします」

「やっぱり高価なものを持っていくんですか」

深雪が疑心暗鬼に駆られたような表情で尋ねる。

「金銭的価値については、考慮いたしません。ただ故人の人生を語るに足るものであるなら、それでいいのです」

「それは逆に言えば、金目のものを選ぶこともあり得るってことだよな？」

虎雄が皮肉混じりに言う。

「たとえば親父の遺品なら、あれがある。ほら、なんて言ったっけ？　カジノスキ？」

「カンディンスキー」

智之が訂正した。

「それそれ、あの絵なんてかなり高いだろ？　あれを遺品としてあんたが指定したら、取られちまうってことなのか」

「嶋野栄徹氏とその絵の間に収蔵すべき物語があれば、そうなるでしょう」

吉田が答えると、

「冗談じゃないわ。あの絵、いくらすると思ってるの」

里子が気色《けしき》ばむ。

「そんな訳のわからない博物館に持ってかれてたまるもんですか。絶対に拒否するから」

「それはできません」

言ったのは武中弁護士だった。

「栄徹氏の遺言どおりに執行しなければ、あなたがたへの遺産も遺留分以外は無くなります。もっとも今回は沙恵さんが遺産相続を放棄しなければ、他の方々への遺産は同様のことなのですが」

「そうだ。そのことがあった」

智之が末っ子の沙恵に向かって、

「なあ沙恵、おまえは帰国したくないって言ってたよな。向こうで研究を続けたいって。だったら自分の意志を尊重したほうがいいぞ」

「そうね、そのほうがいいと思うわ」

同調したのは深雪だった。

「せっかく研究で成果を上げてるんだから、今止めてしまうのはもったいないもの。続けなさいな」

「いきなり病院経営って言われても難しいだろう」

と、虎雄が言う。

「全然畑違いの仕事になるしな。まあ、慣れないことはしないほうがいい。秀仲兄さんなら以前から父さんの手伝いもしてたから間違いない。兄さんが理事長になって聖星会を引き継ぐなら、俺もいろいろと手助けするし」

「理事を解任されてるのに?」

里子が皮肉っぽく尋ねる。

「どうして理事を辞めさせられたか忘れちゃったの? 使い込んだお金は全部返せたのかしら?」

「あれは一時的に貸与してもらってただけだよ。今は貸し借り無しだし」

虎雄はしれっと言ってのける。里子はそんな義弟に呆れたかのような表情を見せたが、すぐに沙恵に向かって、

「沙恵ちゃん。わたしはあれこれ言える立場じゃないんだけど、それでもあなたの幸せのこと

を思うと、戻ってくることはあまり良い考えじゃないと思うの。お父様の遺言どおりにするってことは三年以内に結婚しなきゃいけないってことなのよ。あなた前にたしか『絶対に結婚なんかしない』って言ってたわよね。結婚が良いことか悪いことかなんて一概には言えないけど、自分が望まない結婚をするのは不幸でしかないわ。無理して結婚しちゃ駄目。自分を大切にしないと」

秀伸を除く四人が揃って沙恵に決断を迫る。

彼女は何も言わず、彼らの言葉を聞いていた。俯《うつむ》き加減の表情は硬く、椅子の上で彫像のように硬直している。

沈黙が落ちた。先程まで煩《うるさ》かった室内が静かになっている。空気は重く、冷たかった。

やがて、沙恵がゆっくりと顔を上げた。

「……少し、考えます」

そう言うと立ち上がり、応接室を出ていった。

その絵は栄徹氏の部屋に飾られていた。

さまざまな色で、これといって具体的な形を成していないものを描いている、所謂《いわゆる》抽象画だった。

沙恵はその絵の前に長い間、佇《たたず》んでいた。

視線はずっと絵に注がれている。ふっ、と息を吐いた。

そのとき、ドアをノックする音が聞こえた。

「どうぞ」

沙恵の声に応じてドアが開く。

「失礼します」

入ってきたのは、あの遺品博物館の学芸員、吉田だった。

「これが、先程の話に出てきたカンディンスキーですか」

「だ、そうです」

沙恵は短く答えた。吉田は彼女の隣に立ち、絵を見た。

『色は鍵盤であり、眼はハーモニー、魂は無数の弦を持つピアノだ。そして、画家はそのピアノを弾く手である』」

「え？」

「カンディンスキーの言葉です。彼は音楽を奏《かな》でるように絵を描いたそうです。この絵を見ると、その感覚がわかるような気がします。これは『コンポジション』シリーズのひとつですね。なかなか素敵な作品だ」

「絵のこともわかるんですか。これ、いくらくらいでしょうか」

問われた吉田は絵に顔を寄せ、じっと見つめる。

「……これはリトグラフですね。版画です。相場としては……五万円程度ではないでしょうか」

「そんなに安いの？　てっきり何億もするかと思ってた」

「油絵などの一点ものではありませんからね。複製は多数出回っています」

「なあんだ。里子さんがいきり立ってたから、ものすごく高いのかと思ってた。だったら相続のことも考え直そうかなって思ってたのに」

「でも、とても丁寧に作られた作品ですよ。なかなかよろしいです」

吉田は頷く。その様子を見て、沙恵は尋ねた。

「いろいろ知ってるんですね。やっぱり遺品の価値とかを調べるためですか」

「いえ、私の絵画についての知識は一般的なレベルです。マニアでもなく、ましてや鑑定ができるような技術も経験もありません。それと、まだ誤解されているようですが、私の仕事は遺品となる品の価格や真贋《しんがん》を見極めることではありません。その品にまつわる物語を探ることです」

「その、物語ってことですけど、どういうものなんですか」

「さまざまです。どんな人間でもいくつかの物語を持っていますからね。たとえばこの絵ですが、栄徹氏が手に入れたのは二十代の頃でした。まだ医師として経験が浅く、将来への不安を消し去ることができなかったそうです。そんなある日、町歩きをしているときに偶然覗いた画廊で、この絵に遭遇した。一目で気に入り購入したそうです。以来、片時も身辺から離すことはなかった」

「どうして知ってるんですか、そんなこと」

「栄徹氏から伺ったんです。私が聞き取り調査の担当をしました」

「それ、いつの話ですか」

「三年前です」

「その頃にもう、自分が死ぬって思ってたのかしら」

「遺言というのは自分の死を前提として作るものです。実際に死が迫っているかどうかは別として、ですが。お会いしたときのご様子を思い返してみると、栄徹氏は自分が早々に亡くなるとは考えておられなかったと思います。ただお子さんのことを考えて、熟慮の末に遺言を作成されたのでしょう」

「熟慮の末？　それがあの遺言なの？」

沙恵の口調が荒くなった。

「冗談じゃないわ。なんなの、あれ？　ふざけてるとしか思えない。でなきゃ、わざとわたしたちの間に火の着いた爆弾を放り込んで楽しんでるのよ」

「そうなんですか」

「ええ、だってそうでしょ。わたしに全部を相続させるかわりに、わたしが大事にしているものを何もかも捨てさせようとしてるのよ。こんなこと承諾できるわけないじゃない」

「では、相続は放棄されるのですか」

「もちろん。最初から父さんの金なんて当てにしてなかったし。たとえ遺言がもっとましなものだったとしても、わたしは一円だって受け取らないつもりだった。最初から相続なんて放棄するつもりで帰ってきたの」

「では、なぜ先程、そう仰《おつしや》らなかったのですか」

「兄たちに腹が立ったから」

沙恵は言った。

「わたしが総取りするとわかったら大慌てで相続放棄させようとしたじゃない。あの態度がむかついたの。だから少し焦《じ》らしてやって狼狽《ろうばい》するところを見たかった。あのひとたちのことだから今頃どうやってわたしから遺産を取り上げようかって算段をしてるはずよ」

彼女の口許に嘲りの笑みが浮かぶ。

「ほんと、見下げ果てた連中……実の兄や姉にこんなこと言うのって酷《ひど》いって思う？」

「私には判断しかねます。私にできるのは収蔵すべき遺品の選定だけですから」

「本当にそれしかできないの？　まるでそのために作られたロボットみたい」

そう言ってから、

「……ごめんなさい。ちょっと言いすぎました」

「謝ることはありませんよ。極めて妥当な評価だと思います。ただ、ひとつだけ私見を述べさせていただいてよろしいでしょうか」

「何ですか」

「やはりあなたは栄徹氏に愛されていたのだと思います。だからあなたにすべてを託された」

「どうしてそんなことが言えるの？　あなたに何がわかるの？」

気色ばむ沙恵に、吉田は言った。

「『青い別荘』を覚えておられますか」

「青い……ええ、もちろん。父さんが所有していた軽井沢《かるいざわ》の別荘ね。子供の頃、夏になるとよく行ってた」

「なぜ、青い別荘という名前なのですか」

「それは、屋根が青かったからよ。それがどうかしたの？」

「栄徹氏への聞き取り調査の際、その別荘の話も伺いました。そこで彼は、あなたとひとつの秘密を共有したと」

「秘密？　何のこと？」

「そこまで詳しくは伺っておりません。ただ、その話をされるとき、栄徹氏はとても楽しそうでした」

そう言うと吉田は一礼し、部屋を出ていった。

「……何なの？」

当惑気味に呟くと、沙恵はまたカンディンスキーに向き合った。

「絵……」

何かを思い出しそうな表情になった。そのとき、スマートフォンが着信音を鳴らした。

〈Roy〉

ディスプレイに表示された相手の名前を見て、沙恵は息を呑む。電話をつなげた。

――〈サエ、こういう陳腐《ちんぷ》な台詞を言いたくないんだけど〉

アイルランド訛《なま》りのある英語が聞こえてきた。
——〈いい報せと悪い報せがある。どっちを先に聞きたい?〉
「〈どっちも聞きたくない気分ね。でも、悪い報せから教えて、ロイ〉」
滑らかな英語で沙恵は答えた。
——〈OK。じゃあ話すよ。ライアー教授への提案は却下された。あ、待って。気落ちしないで。これは最終判断ってわけじゃなくて——〉
「〈お心遣いありがとう。でも気落ちなんかしてないわ。予測してたことだから〉」
——〈ほんとに? でもこのままだと君の研究は……その……〉
「〈わかってる。それで、いい報せって何なの?〉」
——〈ああ、これはすごいぞ。とうとうママに僕の作った豚の生姜焼き《ポークジンジャー》を美味いと言わせたんだ〉
「〈ほんとに? すごいじゃない。あんなに醬油《しょうゆ》味を嫌ってたひとなのに〉」
——〈そう思って僕も醬油を控えてきたんだ。でも昨日ふと、もしかしたら醬油じゃなくて甘味が駄目だったのじゃないかって。だから味醂《みりん》と砂糖を少なめにしてみた。そしたらビンゴだったよ〉
ロイは嬉しそうに報告する。
——〈ママに作りかたを教えてくれって言われたんだ。自分でも作ってみたいって。メモを渡すとき、これはもともとサエから教えてもらったんだと言ったら、また連れていらっしゃい

と言われたよ。君のことはとても気に入ってるみたいだ〉
「〈よかった。わたしもあなたのママのこと、好きよ〉」
――〈それは嬉しいな。ありがとう。あ、でも大変な話をした後でこんなどうでもいいことを聞かせてしまってごめん。どうしてもサエには話したかったんだ〉
「〈ありがとう。いい話を後回しにしてよかったわ。ママによろしく伝えて。また一緒に展覧会へ絵を観に行きましょうって〉」
――〈伝えるよ。サエ、こんなこと言っても無意味かもしれないけど、僕は君の味方だ。いつでも君の側にいる。そのことは忘れないでくれ〉
「〈……ええ、わかってる。ありがとう〉」
通話を切った後しばらく、沙恵はスマホを抱きしめるように胸に当てていた。
そして、ふと顔を上げる。
「展覧会……絵……秘密……」
そう呟くと、部屋を飛び出した。

「青い別荘には、家族みんなで行ってました」

沙恵は言った。

「兄や姉は自分たちで好き勝手に遊んでましたけど、わたしはまだ幼かったので、いつも父さんと一緒にいました」

向かい側に座っている相手――吉田は黙って聞いている。

嶋野家の邸宅から少し離れたところにあるカフェの席に、ふたりは座っていた。ここなら嶋野家の誰にも話を聞かれることはない。

「父さんはわたしをいろいろなところに連れていってくれました。こんな感じのカフェや教会、公園とか素敵なホテルとか。あの日はどこかの湖に行きました。とてもきれいなところでした。湖面に木々の緑が映って。父さんは沢にわたしを立たせて、そのまま動かないように言いました。そして持ってきたスケッチブックにわたしを描きはじめたんです」

テーブルの紅茶を一口啜《すす》って、沙恵は話を続ける。

「わたしが焦れて動こうとするたびに『ごめん、もう少しだけ』と宥《なだ》めて、しばらくしてから描いたものを見せてくれました。とても上手、いえ、素敵なスケッチでした。草も木も、それからわたしも、簡単な線で見事に描かれてました。思わずわたし言ったんです。『お父さん、絵が上手なのね』って。そしたら父さんが笑って『父さん本当は絵描きになりたかったんだ。お祖父《じい》さんやお祖母《ばあ》さんに隠れて勉強もしてたんだ』って言ったんです。『このことは誰にも話してない。母さんにもお兄ちゃんやお姉ちゃんにも。沙恵だけに話した。これはふたりの秘密だぞ』と言われました。わたし、そのときすごく嬉しかった。父さんとふたりだけの秘密が持てるなんて、なんだか大人みたいだって思って」

「栄徹氏は医大で学ばれているとき、両親には内緒で絵画教室にも通っておられました」

吉田が言った。

「さらに遡《さかのぼ》り小学生の頃、卒業文集に将来なりたい職業として『画家』と書いています。そのときはお父上に『なぜ医者と書かなかった』と怒られたそうですが」

「それも、父さんから聞いたんですか」

「はい。幼い頃から絵を描くのがお好きだったそうです。でも代々続く家業を継ぐことは生まれたときから決められていました。医師となり聖星会を引き継ぐことになったとき、絵を描くことをきっぱりと諦めたそうです」

「そうだったの……でも、じゃあどうしてあのとき、わたしを描いたのかしら？」

「『描いてみたくなった』とのことでした。それ以上のことは仰いませんでした」

「描いてみたくなった……」

「これは私の想像です。栄徹氏が封印していた絵を描いたのはあなたがミューズだったからでしょう」

「ミューズ？」

「ギリシア神話に登場する九人の女神です。ミューズに祝福された者は創作のインスピレーションを得られると言われていました。もっともその創作というのは詩や歌や天文などの知的活動であって、絵画は範疇《はんちゅう》に入っていなかったようですが。ともあれ、あなたが栄徹氏の封印していた創作意欲を目覚めさせたのでしょうね」

「わたしが、ですか。でも、どうして？」

「それこそ栄徹氏自身にも答えられないことでしょう。あなたの何かが刺激を与えたとしか言えません。しかしそれは、とても興味深いことです。そのスケッチブックはどこでしょうか」

「え？」

「栄徹氏があなたを描いたスケッチブックです」

「それは……わかりません。そんなの、とっくに捨てられたんじゃないですか」

沙恵が首を振ると、

「もう少し、考えてみていただけませんか」

吉田は言った。

「あるとしたら、どこなのか」


カンディンスキーの絵の前に立っている人物を見て、沙恵は思わず声を洩らした。

「秀伸兄さん……」

振り向いた秀伸は含羞《はにか》むような笑みを見せた。

「俺には、よくわからない絵だ。でも親父が気に入ってたんだから、いい絵なんだろうな」

沙恵は兄の隣に立つ。

「これ、五万円くらいしかしないみたいよ」

「へえ」

反応は、それだけだった。

しばらくふたりは、黙って絵を見ていた。先に声をかけたのは、沙恵だった。

「ねえ、どうして父さんはあんな遺言を遺《のこ》したんだと思う？」

「わからないな。親父はなかなか本心を見せないひとだったから」

「博愛主義者だったのに？」

「親父のは博愛とは言わない。平等に無関心だったんだ。誰にでも優しい人間というのは、誰の心にも深く入ろうとはしない。最近になって気付いたんだ。俺たちはみんな親父に愛されていたと思っていたけど、そうでもなかったんじゃないかって」

「だからあんな遺言を？　でも、わたしだけ矢面《やおもて》に立たされて、いい迷惑だわ」

「それは、おまえに託したかったからだ。これからのことを」

秀仲は妹に言った。

「その意味では、おまえは愛されていたのかもな」

「え？」

「遺言の件は、おまえの好きなようにすればいい。それが多分、親父の望みだ」

そう言って、秀仲は部屋から出ていった。

沙恵は閉まるドアを見つめていたが、息をひとつ吐いて絵と反対側の壁面を覆う書架に眼を向けた。

古いものから新しいものまで、たくさんの本が並んでいる。多くは医学書の類だったが、中には詩集やエッセイ本なども交じっている。沙恵はその中から目当ての一冊を見つけた。カンディンスキーの画集だ。

少し厚手のその本を抜き出し、ページをめくる。すぐに見つかった。

壁に掛けられているのと同じ絵が掲載されているページ。その余白に手書きの文字があった。

《ふたりの秘密のために》

その文字を、沙恵はじっと見つめた。

本を閉じ、元の場所に戻した。そのとき気付いた。本ばかり詰められた棚に不釣り合いなファイルが一冊、紛《まぎ》れ込んでいる。

そのファイルを開いてみた。プリントアウトされたものや雑誌から切り抜かれたものが綴《と》じられている。

「これ……」

沙恵の眼が見開かれた。


一瞬、声にならない動揺が室内に満ちた。

「……どういう、ことなんだ？」

最初に声を上げたのは、智之だった。

「今、言ったとおりです」

沙恵は繰り返す。

「父さんの遺言どおり、わたしがすべてを相続します」

嶋野家の応接室に武中弁護士や吉田・T・吉夫を含めた全員が再集合していた。

「相続するって、そのためには帰国しないといけないんじゃないのか」

虎雄が問うと、

「はい、だから帰国します」

沙恵はきっぱり答えた。

「今やってる研究、止めなきゃいけないのよ」

深雪の言葉にも、

「はい、止めます」

断言した。

「結婚は？　どうするの？」

里子が詰め寄る。

「三年以内にすればいいんですよね。します」

ぐっ、と誰かが声を洩らす。

「そこまで……そこまでして財産が欲しいのか」

吐き捨てるように言ったのは虎雄だった。

「これまでのキャリアも生活も捨てて、そうまでして俺たちの金を奪いたいのか」

「兄さんの金ではありません。父さんの遺産です。わたしは父さんの遺志に従います。武中さん、手続きをよろしくお願いします」

「承知いたしました」

「こんなの認めないわ！」

里子が叫ぶ。

「絶対に認めない。秀伸さんが理事長にもならず遺産ももらえないなんて、そんなの許せない！」

義姉の威嚇《いかく》にも沙恵は動じなかった。

「秀伸兄さんと智之兄さんには嶋野第一病院と第二病院の院長として今後の運営に協力していただくつもりです。それとわたしが相続する財産ですが、これも武中さんと相談して兄弟みんなに等分に贈与することにします。その他いろいろと決めなければならないことがありますが、それはおいおいと」

そう言うと沙恵は立ち上がり、

「吉田さん、お話があります。ご一緒願えますか」

と、応接室を出た。

ふたりは栄徹氏の部屋に入る。

「見つかりましたか」

吉田の問いかけに、沙恵は壁に掛けられたカンディンスキーの額《がく》を持ち上げた。

「ここにありました」

絵の裏から一枚の紙切れを取り出す。それを吉田が受け取った。

「なるほど」

吉田の頬が、かすかに緩《ゆる》んだ。

「栄徹氏のお人柄がよくわかります」

スケッチブックから切り取られた一枚だった。草木が生える中に立つひとりの少女が鉛筆で描かれている。彼女の髪は風に揺れ、手にした花が無地のワンピースの上でワンポイントの模様に見えた。

「わたし、こんなだったのかしら。現物よりかわいらしく描いたみたいね」

「栄徹氏の眼には、このように映っていたんでしょう。とても、とてもいいものです」

吉田は頷く。

「これを是非、遺品博物館に収蔵させてください」

「それ、わたしからお願いするつもりでした」

沙恵は微笑《ほほえ》む。

「ありがとうございます。しかし、よく決断なさいましたね」

「遺言のこと？　まあ、しかたないでしょ。父さんに見込まれたんだから」

「研究のほうは止めてしまっていいのですか」

「いろいろと事情があって、続けられなくなってたの。というか、わたし自身もう無理かなって思ってたところだったの」

彼女は書棚に眼を向けて、

「父さん、わたしが発表した論文を全部集めてファイリングしてた。だから最近のわたしの研究がどうなってたか、わかってたみたい。これ以上続けても先がないって」
「なるほど。しかし帰国して聖星会運営に携わるのも、また大変なことではありませんか」
「いやな兄弟たちと戦わなきゃならないから？　そうね、でも――」
そのとき、沙恵のスマートフォンが鳴った。
「ちょっとごめんなさい」
そう断り、電話に出る。
――〈サエ、メール見たよ〉
「〈ごめんね。そういうことになっちゃった。わたし、アメリカにもういられない〉」
――〈しかたないね。君の幸せのためだから。でも……サエ、怒らないで聞いてくれる？〉
「〈何？〉」
――〈思ったんだ。僕がそっちに行くってのはどうかな？〉
「〈あなたが？　でもロイ、お母さんは？〉」
――〈ママはまだ元気だし、パパもついてる。ジェーンやアランもね。僕がちょっとばかり遠くに行っても問題ないよ。それに醤油の使いかたについてもう少し勉強したいし〉
「〈でも……〉」
――〈君の側にいたいんだ、サエ。君の力になりたい〉
「〈……ありがとう。一度アメリカに戻るから、そのときにゆっくり話をしましょう〉」
電話を切り、沙恵は深い息をつく。

「……こんなことになるなんて、思いもしなかった」

「予測のつかないことが起きるのが、世の習《なら》いというものです」

吉田は言った。

「だから面白いんです」

「そうね」

沙恵は笑った。

「わたしだって兄さんたちとのトラブルに嫌気が差して『もうやだ！』ってアメリカに帰っちゃうかもしれないし。そういうのも、いいのよね」

「もちろん」

そう言って吉田は受け取ったスケッチを鞄に収めた。

「では、私はこれで失礼します」

「ありがとうございました。ねえ、博物館に見に行ってもいいですか。その絵」

「もちろんです。お待ちしております」

一礼して彼は背を向ける。

「あ、ひとつ、教えてくれませんか」

沙恵が言った。

「その、あなたのお名前のことなんですけど、『吉田・T・吉夫』の『T』って、何の略なんですか」

吉田はゆっくりと振り向き、口許に笑みを浮かべて答えた。

「それは、秘密です」

燃やしても過去は消えない

笹内謙輔《ささうちけんすけ》の作品には絶大な人気があったので、彼は自分のことを詐欺師《さぎし》だと考えていた。

笹内のイラストが最初に評価を得たのは三十二年前、緒方《おがた》ケムジの出世作でもある『東伝至宝録《とうでんしほうろく》』の装画を担当したときだった。中華ファンタジーの傑作として評価の高い緒方の作品と笹内の画風との相性は良く、瞬《また》く間に人気を集めた。特にヒロインの造形については評価が高く、後に映画化された際には彼がキャラクター監修として参加するほどだった。

以後、笹内のイラストで自作を飾ることを望む作家は数多く、彼も求めに応じて作品を生み出しつづけた。小説だけでなくアニメやゲームなどの分野でも活躍した。今や笹内謙輔は時代を代表するアーティストのひとりとして多くの支持者を得ていた。

それだけに、彼の突然の死は驚きをもって世間に伝えられた。享年五十七、あまりに早い逝去だった。

葬儀は親族だけで行われ、後に偲《しの》ぶ会が催された。各界の著名人が出席した盛大なものだった。

守永《もりなが》　槐《えんじゅ》は偲ぶ会に出席しなかった。同じイラストレーターという職業に就いているものの、招待はされていなかったからだ。

年齢もデビューの時期もほぼ同じではあったが、守永は児童文学界を主な活動の場としており、自分で文章も書いた絵本を三冊、上梓《じょうし》していた。そのうちの一冊は英語に翻訳され、イギリスで「小さな児童文学賞」を受賞した。その名のとおり日本ではほとんど知られていないささやかな賞だった。

そんな守永に懇意《こんい》にしている編集者を通じて、笹内謙輔の遺族から自宅に来てくれないかという招待が届いたのは、偲ぶ会から半月後のことだった。

笹内謙輔の遺族が守永に会いたがっている理由については、仲介に入った編集者も事情をよく知らないようだった。守永は求めに応じることにした。

年明けの日曜日、前々日に降った雪がまだ溶け残る中、守永は郊外にある笹内の屋敷を訪れた。白樺《しらかば》林の中に建つそれは、たしかに「屋敷」という形容が似つかわしい、大きな邸宅だった。鉄製の門扉《もんぴ》には笹内が好んで描いた女性像を模したと思われる装飾が施されている。特注品だろう。屋敷から姿を現した女性も年齢は重ねているものの、やはり笹内の画風に近い気品を具《そな》えていた。

「笹内の妻の留美《るみ》と申します。本日はわざわざお越しいただきまして、ありがとうございます」

濃紺のワンピースに身を包み、髪はシニョンにまとめていた。耳朶《みみたぶ》にはルビーのような赤い石のピアスが光っている。

「こちらこそ、お招きありがとうございます。この度はどうも、ご愁傷さまでした」

慣れない口上を述べた後で、守永は尋ねた。

「それで、僕にどんなご用件でしょうか」

「そのことについては、中でお話しいたします。もう皆さん、到着されておられますので」

留美に案内され、屋敷に向かって前庭を歩きだす。

「皆さん、と言いますと？　他に誰か呼ばれたのですか」

守永は先を歩く留美に話しかける。

「ええ、守永さんと同じく、主人のたっての願いでお出《い》でいただきました」

彼女は静かな口調で応じた。

「ご主人——笹内さんは交通事故でしたね？」

「はい。街のほうにある馴染《なじ》みの店で食事をした後、タクシーを拾おうとして車道に出て車に撥《は》ねられたそうです」

「それはひどい。運転手の前方不注意ということですか」

「警察のほうではそう考えているようです。ただ加害者である男性は、夫が突然車道に飛び出してきたと言っているそうですが」

「飛び出してきた？」

「ええ、まるで自殺しようとするみたいに」

「自殺って……あ、いや」

問いかけの途中で守永は言葉を濁《にご》した。

屋敷に入ると、奥の応接室らしい広間に通される。そこには彼女が言ったとおり、先客がいた。

細身で白髪《しらが》の老婦人と、でっぷりとした体型の中年男性のふたりだった。老婦人は藤《ふじ》色の和服姿でソファに品良く腰を下ろしている。男性のほうは仕立ての良さそうなスーツ姿だが、ネクタイを無造作に緩《ゆる》め、座りかたもだらしなく崩れていた。

「守永槐さんがいらっしゃいました」

留美が告げると、男性は大儀そうに椅子から立ち上がる。

「ああ、これはこれは守永先生、遠路はるばるご苦労さまです。私、佐久《さく》書房の土橋《どばし》と申します。今日はよろしくお願いいたします」

差し出された名刺には「佐久書房　文庫編集部　土橋真治《しんじ》」とあった。

「守永先生は、うちでは仕事をされてませんでしたよね？」

「はい、僕は児童文学のほうなので、佐久書房さんとは今までご縁がありませんでした」

「そうですか。では、これからよろしくお願いしますよ」

そう言うと土橋はにんまりと笑い、守永の肩を叩いた。

「これから、と言いますと？」

ますます当惑しながら訊き返すと、

「ああ、まだ詳しいことを聞かれてなかったんですな。いや、先走ってしまって申しわけない。ちゃんと順序立てて話さないとね。留美さん、私から話してよろしいですかな？」

確認を取り、ひとつ咳払いをしてから土橋は和服の老婦人に恭《うやうや》しく一礼して言った。

「こちらが、竹上東子《たけがみとうこ》先生です」

竹上東子――その名を聞いたとたん、守永は思わず背筋を伸ばした。

「はじめまして、竹上です」

老婦人は座ったまま、ゆったりとした仕種で頭を下げた。

「あ……どうも、守永です」

動揺を隠せなかった。守永にとって竹上東子は、文字どおり雲の上の存在だったからだ。

二十五年前、竹上は『月色城《げつしよくじよう》の物語』第一巻『ふたりの皇女』を上梓した。北の果てにある伝説の王国を舞台としたファンタジー小説で、その世界観も物語も今までになかったほど壮大なものだった。竹上は当時高校で歴史を教える教師だったが、この一作で物語作家としての力量を高く評価され、たちまち第一人者となった。以後、十七年に亙ってシリーズは書き継がれ、全十巻で完結した。作品は各国語に翻訳され、世界的な人気も得た。六年前にはハリウッドで映画化もされ、それもヒットした。

「立ち話も何ですから、お座りいただけませんか」

土橋に声をかけられ、

「あ、はい」

守永はぎこちなくソファに腰を下ろす。それに合わせたようにメイドらしい服装の女性が銀の盆を掲げて入ってきた。彼の前にティーカップを置き、ポットから紅茶を注ぎ入れる。

「さて、守永先生にお越しいただいたのは、先般の笹内先生の御不幸に際して生じました問題について、お力添えをいただきたいからです」

「力添え、と言いますと？」

「ご存じのように我が佐久書房では竹上先生の『月色城の物語』全十巻を刊行しております。おかげさまで再来年には完結十周年を迎えます。その記念事業として、シリーズの文庫化を計画しているのです」

「おお」

思わず守永は声をあげた。

「『月色城』が文庫になるんですか」

「なります。じつは以前から文庫化の要望が多く寄せられておりまして、なんとか実現できないかと竹上先生にもお願いをしていたのですが……」

「わたしが、断っておりましたの」

竹上が言った。

「できれば『月色城』は現在の単行本の形で読んでいただきたいと思っておりまして。装幀も素晴らしいものですし、何より少女時代から大好きだった但馬《たじま》先生に描いていただいた装画が素敵ですから」

「わかります。僕もあの単行本には思い入れがありますから」

守永は頷く。

「ありがとうございます。そう言ってくださる読者の方も多いので、今まで文庫にはいたしませんでした。ただまあ、完結十周年を前に、そろそろお色直しをしてもよいのかとも思うようになりました。土橋さんにも熱心に請われましたしね」

竹上はかすかに苦笑を浮かべ、土橋に視線を向ける。

「はい、しつこく口説《くど》き落とさせていただきました。で、文庫化の計画が進みだしたわけですが、問題は装画です。単行本の緻密な絵をそのまま縮小して使用するには、いささか無理があります。とはいえ、ご存じのように但馬正敏《まさとし》先生は五年前に亡くなられましたので、新たに描いていただくこともできない。となれば、どうしても新たな装画を描く方を見つけなければなりません。それで竹上先生とも相談して『このひとなら』と決めたのが、笹内先生でした」

「……なるほど」

守永は少し間を置いて頷く。

「いいんじゃないでしょうか。但馬さんとは雰囲気が随分変わりますが、笹内さんの絵なら作品をうまくリブートさせることができたかもしれない」

「そのとおりです。新たな読者を獲得するには適格な人選だった、と思っています。しかし……」

「装画を描く前に、笹内さんは亡くなってしまったわけですね」

「そうなんです。ラフ一枚残すことなく、笹内先生は逝ってしまった。人選は一からやり直ししなければならなくなりました。そこで、守永先生にお願いがあるのです」

土橋は身を乗り出した。

「守永先生に、『月色城』の装画をお願いしたいんです」

「……僕に、ですか」

「そうです。お願いします」

「あ、いや、その……」

守永は言葉を濁した。

「突然のお話で、なんとお答えしたらいいのか……」

「是非、お願いします」

留美が言った。

「夫の願いを、聞き届けてください」

「ご主人の？」

「亡くなる前、夫はこの仕事を一度は引き受けたんです。夫も『月色城』の大ファンでしたから。でも次第に自信を失っていきました。自分にはこんな大任は果たせない。『月色城』を描くなんて無理だと」

「いや、そんなことはないでしょう。笹内謙輔といえば当代きっての人気イラストレーターじゃないですか。これ以上の適任者はいませんよ」

「ありがとうございます。そう言っていただけますと妻としても誇らしく思えます。でも、夫はそう思っていませんでした。自分には描けない、無理だ、の一点張りで。そしてとうとう、竹上先生に辞退を申し入れたんです」

「わたしのところに笹内さんからお手紙が届きました」

竹上が引き継いで言った。

「内容は今、奥様が仰《おっしゃ》ったとおりです。自分にはこのような仕事は無理なので辞退させてほしいと。わたし、困ってしまいました。できれば翻意していただきたくて、笹内さんに連絡しようとしましたの。その矢先です、笹内さんが亡くなられたのは」

「結局、笹内先生に装画を依頼するという当初の目的は果たせなくなったわけです」

土橋が言う。

「残念ですが、亡くなられてしまったのでは致しかたありません。装画担当についてはあらためて検討し直さなければならなくなりました。ただ、笹内先生の遺志は尊重しようということになりましたが」

「先程も奥様から『遺志』という言葉が出ましたが、どういうことですか」

「竹上先生の世界観をビジュアル化できるのは守永先生の他にはいない、というのが笹内先生の意見だからです」

「わたしに届いた手紙に、そう書いてあったのですよ」

竹上が言った。

「『仕事を断る人間から言うのは失礼だとわかっているが、是非とも守永さんにお願いしてほしい』と」

「しかし、僕は笹内さんとは会ったこともなかったんですが」

「直接会っていなくても、夫は守永先生のことをよく存じ上げていたと思います」

留美は応接室の一画に置かれた書棚から本を取り出した。

「このように、守永先生の御著書を身近に置いていたくらいですから」

それは守永が出版した絵本だった。三冊とも揃っている。

「これは……恐縮です。まさか僕の本を読んでくださっていたとは」

「正直に言いますが、当初文庫化のための装画担当を選定する際に、守永先生のことは候補に入れておりませんでした」

土橋が言った。

「少々畑違いの分野で活躍されている方でしたから、私も見逃しておったのですよ。申しわけないことです。しかし笹内先生の推薦ということもあり、あらためて検討させていただきました。そして竹上先生とも協議の上、今回の仕事をお願いしようということになったわけです。どうでしょう、お引き受けいただけますか」

「はあ……」

守永はやはり言葉を濁しながら、

「……ちょっと、ちょっと考えさせてもらえませんか。いや、指名してくださったのは身に余る光栄だと思いますし、自分にとってもエポックメイキングな仕事になると思うんですが、それだけに軽々しくお返事はできません。今手がけている仕事やこの先の予定も含めて、スケジユールも考えなければなりませんし」

「わかります。はい、わかりますよ」

土橋は頷く。

「まだ時間はあります。じっくり検討してください」

「できれば、良い返事をいただきたいですけど」

竹上が言葉を重ねた。


その日は留美の勧めに従い、笹内邸で夕食のもてなしを受けることになった。

笹内が生前贔屓《ひいき》にしていたという洋食店のシェフがわざわざやってきて、料理をふるまうのだという。

「夫は食べることに関してはこだわりがありました。いつも同じお店を貸し切りにして同じメニューばかりいただいていましたの」

テーブルに着くと、留美は言った。

「今夜は、そんな夫が好きだった料理を作っていただくことにしました。どうか故人を偲んでやってください」

結構な広さのダイニングルームにテーブルと椅子が並べられている。席は五つ用意されていた。

「あとひとり、どなたかがいらっしゃるんですか」

席に着いた守永が尋ねると、

「ええ。先程からお仕事をされています。もうそろそろいらっしゃると思いますけど」

留美が答えた。その言葉が聞こえたかのように、ダイニングにひとりの男性が姿を現した。

「遅くなりました」

男性は一礼して守永の隣の席に着いた。小柄だった。あまり特徴のない顔立ちをしている。年齢もよくわからない。

「あなたが守永槐さんですか」

男性が尋ねてきた。

「あ、はい。そうです」

「はじめまして。遺品博物館の学芸員をしております吉田《よしだ》・T・吉夫《よしお》と申します」

「遺品博物館、ですか」

耳慣れない言葉だった。苗字と名前の間にミドルネームじみたものが入っているのも日本人っぽくない。

「その名のとおり、遺品を収蔵する博物館です」

説明し慣れている口調で、吉田は答えた。

「笹内謙輔さんの御遺言に従い、故人の遺品を一点、収蔵することになっております」

「へえ。そんな博物館があるんですか。初耳です」

「あまり知られておりませんので」

「それでは皆さん、あらためて笹内謙輔先生のご冥福を祈って献杯いたしましょう」

土橋がワインを注いだグラスを掲げた。

「笹内先生は偉大なイラストレーターでした。その業績は亡くなられた後も長く顕彰され、その作品は多くのひとに愛されつづけるでしょう。じつは先程、留美さんとも相談をしたのですが、弊社で笹内謙輔作品集を刊行しようと計画を立てております。これは必ずや意義のある本となるでしょう」

「ありがとうございます」

留美が一礼する。

「こんなにも多くの方々に愛されていながら竹上先生に御迷惑をおかけし、今また守永先生にも御手間を取らせてしまうことになってしまったことを、夫に成り代わりましてお詫び申し上げます」

「迷惑だなんて、とんでもない」

守永は言った。

「笹内さんが僕のことを高く評価してくれていたことを知って、ありがたいことだと思っています。笹内さんの後継者となれるかどうかわかりませんが、頑張ってみたいと思います」

「では、お引き受けくださるので？」

土橋がすかさず突っ込んでくる。

「はい。あれから仕事を引き受けている先と連絡を取ってスケジュール調整をしました。じつは今年、四冊目の絵本を出そうと計画していたんですが、それは後ろにずらして『月色城』の仕事の合間に進めることにします」

「そんな無理をなさって大丈夫なのですか」

竹上が訊いてくる。

「問題ありません。版元も理解してくれると思います。なにしろ竹上先生の仕事をするわけですから。文句を言える者などいませんよ」

「重ね重ねありがとうございます」

「わたしからもお礼を言わせてください」

留美が微笑《ほほえ》んだ。

「一時はどうなることかと思いましたけど、これでなんとかなりそうですわね」

「まったくです。笹内先生の置き土産《みやげ》も、これで片付きますな」

土橋は頬を緩め、ワインを一気に飲み干した。

料理はオードブルからスープと、定番の流れで運ばれてきた。笹内が贔屓にしていたというだけあって、どれも美味だった。守永はオニオングラタンスープを飲み終えると、隣の席の吉田に尋ねた。

「遺品博物館って、どんなひとの遺品を収蔵しているんですか」

「さまざまな方です。歴史上有名な人物のものもあれば、市井《しせい》の方のものもあります。契約をされた方の遺品をこちらで選定して収蔵することも多いのですが」

「夫の遺品は何を収蔵されるのか、決まりましたの？」

留美が尋ねると、

「まだ決定しておりません。物語が決まらないのです」

「物語？」

「故人が著名であるかどうかに関わらず、遺品博物館に収める遺品には物語が必要とされます。それが決まれば、自《おの》ずから選ばれるべき遺品も決まります」

「どんな物語なんですか」

守永が問うと、

「それは学芸員に一任されています。今回はどうやら、あなたにも関わりがあることになりそうですが」

「僕に？　それは一体どういう……」

さらに問いかけようとしたとき、次の料理が運ばれてきた。鱸《すずき》のポワレだった。

続いて出たメインディッシュは牛すね肉の赤ワイン煮込み。吉田は柔らかく煮込まれた肉を口に運び、満足そうに頷く。

「なるほど、笹内さんという方の嗜好がわかるようなお味です。とても参考になります」

「食べ物の好みも関係するんですか、その収蔵品とやらに？」

土橋が尋ねる。

「関係する場合も、あります」

吉田は答えた。

肉料理の後はラズベリーのシャーベットと熱いコーヒーが供された。

「とても美味《おい》しゅうございましたわ」

竹上が感想を口にした。

「わたしもこのお店、贔屓にしたいくらいです。後でシェフにご挨拶させてくださいな」

「ありがとうございます。きっと彼も喜ぶと思います。厨房が片付き次第、こちらに来てもらいましょう」

留美が代わりに礼を述べる。

頃合いを見計らって、守永は再び吉田に問いかけた。

「あの、笹内さんの遺品選定に僕が関係しているというのは、どういう意味でしょうか」

吉田はコーヒーを一口啜《すす》ってから、

「遺品博物館への寄贈を希望される方に対しては、学芸員が聞き取り調査を行います。そこでその方の経歴や人生観、価値観などについて詳しく伺うわけです」

「笹内先生に関しても、その聞き取り調査をしたんですかな？」

土橋の問いに、吉田は頷く。

「はい、何度か伺いました。最後に伺ったのは、奇《く》しくも笹内さんが亡くなる前日でした。まさかあのようなことになるとは」

吉田は両手を合わせて黙禱してから、言葉を続ける。

「笹内謙輔さんは幼少の頃から絵を描くことが何よりも好きで、何時間でも描きつづけて飽きなかったそうです。中学に入った頃にはイラストの投稿を始め、美術大学に進んだ後にデビューされました。その後の活躍は、ここにいらっしゃる皆さんはご存じでしょう。文字どおり、絵を描くために生まれてきたような方でした。才能に溢れ、人気も絶大なものがありました」

そう言って、吉田は一呼吸置いて、

「しかしながら、笹内さんご自身は、自分の作品に満足してはいなかった。加えて世間からの評価を信じていなかった。いくつかインタビュー記事を読んだのですが、笹内さんはどこでも同じことを仰っています。『自分の作品はたいしたことはない』『褒《ほ》められるような仕事はしていない。何かの間違いだと思う』『期待されても、その期待に応えることは自分にはできない』等々」

「ああ、たしかにそうでした」

土橋は苦笑する。

「奥ゆかしいというか、決して自分を誇らない方でしたよ。そうでしたね、留美さん？」

「……ええ。そこは徹底しておりました。もう少し自分を褒めてもいいのではと思いましたけど、いつもいつも『自分はたいした人間じゃない。褒められるようなことはしていない』とばかり」

「理想が高かった、ということでしょうか」

守永が訊くと、

「そうなのかもしれません。夫はいつも、自分はまだまだと言いつづけてましたから」

留美が答えた。

「あんなに素晴らしいお仕事をされてましたのにねえ」

竹上が呟くように、

「でも、その気持ちもわからないではないです。わたしも、そういうところはありますから」

「僕だって、そうですよ」

守永は同意する。

「表現を仕事にしている者は誰でも、そういう傾向があるんじゃないでしょうか。自分の作品に対する自信と不安の間に揺れ動くような」

「そういうことはあるかもしれませんが、笹内さんの場合、それが極端でした」

吉田は言った。

「私が聞き取り調査をしたときにも『自分はみんなを騙している』と仰いました。『みんな自分の描いたものを褒めるが、それは何か勘違いをしているからだ。本当はそれほどの価値はない』と」

「言われた言われた。私も似たようなことを言われましたよ」

土橋が大きく頷く。

「『みんな勘違いして過大評価しているだけだ。本当のことがわかったら自分の作品など見向きもされなくなる』とかね。たしかに謙遜《けんそん》というには、少々くどいくらいでしたな」

「謙遜ではありません。恐らく笹内さんは、そう信じていたんです。守永さんが仰るような『理想が高い』というレベルではありません。自己評価が極端に低かったのです。笹内さんは『インポスター症候群』に陥《おちい》っていたのでしょう」

「インポスター症候群？」

「Impostor、つまり『詐欺師』です。世間から見れば立派な成功者なのに、自分自身はその成功を素直に信じることができず、周囲の者たちを騙してそのような評価を得ていると思い込んでしまう状態を指します」

「そんなことがあるんですか」

「ええ、心理学的に認められている精神状態です。芸術家だけでなくビジネスの世界にも学問の世界にも、世の中の成功者には、こういう傾向を持つ者が少なからずいるそうですよ。自分の成功はフェイクであり、いつかその化けの皮が剝がれるかもしれないという恐怖に始終苛《さいな》まれているのです」

「それは、なんともかわいそうな話だな。自分の成功を信じられないなんて」

土橋は憐《あわ》れむように首を振る。

「笹内先生も、そのインポスター症候群に罹《かか》っていたわけか。だからいつも、あんなにネガティブなことばかり言ってたんだな」

「インポスター状態の人間は、自分より優れている者と比較して『自分はあのひとより劣っている。あのひとに比べたら自分なんて取るに足らない存在でしかない』という思考に陥りやすいそうです。笹内さんにとっての比較対象は守永さん、あなたでした」

「僕？　僕がですか」

「ええ。イラストレーターとしてはあなたがより優れている。だから『月色城の物語』のイラストも自分ではなく、あなたが描くべきだ。そう考えたのでしょう」

「でも僕なんか、人気も評価も笹内さんの足下にも及ばないじゃないですか。なのにどうして……そもそも、僕と笹内さんとは交流もなかった。比較すること自体、おかしな話だ」

「交流はなかった？　そうですか」

吉田は意味ありげに頷く。

「夫は結局、自分に負けたんです」

留美が言った。

「責任ある仕事のプレッシャーに耐えられず、逃げ出してしまった。仕事だけでなく、自分の人生からも」

「笹内さんはやはり、自殺ということですか」

土橋が尋ねる。

「そうとしか思えません。あのひとは、敗残者です」

留美は断罪するように言った。

その場に沈黙が降りる。

「『選ばれてあることの恍惚と不安とふたつ我にあり』」

吉田が言葉を挟んだ。

「ヴェルレーヌの昔から、表現に携わる方々には、避けられない課題なのかもしれませんね。しかしながら、私は異を唱えたいと思います」

「恍惚と不安に対してですか」

守永の問いに、吉田は首を振る。

「違いますよ。笹内さんが自《みずか》ら死を選んだという意見に対してです」

その言葉に他の者たちが皆、吉田に注目した。

「自殺ではないと？　なぜそう思うのですか」

土橋の問いかけに、吉田は答える。

「何度か笹内さんへの聞き取り調査をしたときの印象からです。たしかにあの方はインポスター症候群でした。しかし死に追い込まれるような状態ではありませんでした。もともとインポスター症候群というのは本人に苦痛をもたらしはしますが、自殺に追い込まれるほど深刻な状態になることは稀なのです。自分の成功を信じることができなくても、いや、だからこそ次の仕事に立ち向かおうとする。その繰り返しなのです。実際に成功を収めているひとには、それだけの力があるのですから」

「じゃあ、笹内先生が死んだのは、事故だったということですか」

土橋が訊いた。

「車道に飛び出したのは、酔っぱらっていたのかな？　いや、笹内先生はアルコールは飲まないんだった」

「私もそう聞いています。酔っていたのではないでしょう」

「じゃあ、うっかりと？」

「不注意で車道に出てしまったか、あるいは」

吉田はコーヒーカップを手で包みながら、言った。

「誰かに突き飛ばされたか」

一瞬、その場の時間が止まった。

「今、何と仰いました？」

留美の問いかけに吉田は同じ口調で答える。

「笹内さんは誰かに突き飛ばされて車に撥ねられた、という可能性について話しました」

「それは、穏やかではありませんな」

土橋が咎《とが》めるように、

「何か根拠があって、そんなことを言われるんですか」

吉田がその問いに答える前に、黒い服と同色のハンチングを身に着けた若い男性がダイニングに姿を見せた。

「皆様、今日の料理にご満足いただけたでしょうか」

彫りの深い顔立ちに人好きのする笑みを浮かべ、男性は言った。

「あなたがこの料理を作られたのですか」

訊いたのは吉田だった。

「はい。シェ・ラントのオーナー・シェフをしております、八神《やがみ》と申します」

シェフは笑みを浮かべて一礼する。

「そうですか。ちょうどよかった。あなたに伺いたいことがあるのですが」

「何でしょうか」

「笹内謙輔さんはあなたのお店を贔屓にされていたそうですね？」

「はい、何度か利用していただきました」

「そうですか。もしかして笹内さんが亡くなった日に食事をしたという『馴染みの店』というのも、あなたの？」

「……はい。あの日もいらっしゃいました」

「ひとりで？」

「そうです。おひとりで」

「たったひとりで？　たしか笹内さんはいつもあなたの店を利用するときには、あらかじめ貸し切りにしていると、奥様が仰っておられましたが」

「そのとおりです。ただあの日は笹内様だけがお客様でした」

「それはなんとも贅沢なことです。こんな素敵なお料理をひとりきりで食べるなんてね。奥様はその日、お食事はどうされたのですか」

「わたしですか？」

いきなり問いかけられ、留美は少し動揺したように、

「わたしは……あの晩、うちでひとりで食べました」

「どうしてご主人と一緒に八神さんのお店にいらっしゃらなかったのですか」

「あの日は夫が散歩の途中に気まぐれで行ったんです。店から『今日はシェ・ラントで夕飯を食べてくるから』と連絡がありました」

「そんなふうに、突然外で夕食を済ませるようなことは今までにもあったのですか」

「ええ、ときどき」

「それは奥様としては困りものでしたでしょうねえ。夕飯の支度が無駄になってしまう」

「夫は、そういうひとでしたから」

留美は微苦笑を浮かべる。

「もう、慣れておりました」

「なるほど。しかしお店としては対応に困ってしまうことではありませんか」

今度は八神に尋ねる。

「いきなりやってきて店を貸し切りにしてしまうなんて、食材の仕込みもあるでしょうし、既に他の方の予約も入っているでしょうし」

「……いえ、それくらいは臨機応変になんとか」

「なんとか？　今日いただいた料理を見る限りでは、とてもなんとかできるとは思えませんが。オニオングラタンスープの玉葱を飴色に炒めるだけでも普通は一時間、電子レンジを使うなど

して時間短縮をしたとしても二十分はかかるでしょう。それにメインディッシュの牛すね肉の赤ワイン煮込み、とても美味しかったですが、あれは煮込むのにどれくらい時間をかけられていますか」

「…………」

「鍋で煮込むのに一時間半から二時間。圧力鍋を使っても三十分以上はかかるでしょうね。いや、私いささか料理に興味がありまして、ときどき作ったりもするのですよ。とにかく、当日唐突にいつものコースを食べさせてくれと言われても簡単に提供できないものばかりでした」

「吉田さん、あんた、何が言いたいんですか」

尋ねたのは土橋だった。

「私が申し上げたいのは、笹内さんがいきなりやってきて八神さんの料理を食べるのは難しいということです。前もって予約を入れておかない限りは。そうですね？」

「それは……」

八神の顔色が悪くなっているのに守永は気付いた。そして、得心した。

「笹内さんは思いつきで来店したのではなく、予約を入れていたということですか」

「そう考えられます。しかし八神さんは頑強にそれを否定される。なぜか」

吉田はそう言ってカップに口を付け、

「おっと、もうコーヒーがありませんでした」

「どうして嘘をつくんですか」

代わりに土橋が尋ねる。しかし八神は俯《うつむ》いたまま答えない。

「ひとりではなかったからです」

カップを置いて、吉田が答えた。

「笹内さんが八神さんのお店に来たとき、同伴者がいました。そのことを知られたくなかったのですよ」

「どうして?」

「その同伴者が、笹内さんの死に関係しているから、でしょうね。どうでしょうか奥様?」

吉田は留美に問いかけた。

「あの晩、あなたはご主人と一緒にシェ・ラントで食事をされたのですね?」

留美は答えない。

「私は刑事でも探偵でもありません。根拠を示さなければならない筋合いもありません。つまりこれは無責任な推測です。しかしプロが調べれば簡単にわかるでしょう。警察はこれまで笹内さんの死を事故と判断し、笹内さんと奥様の当日の行動についてはほとんど捜査していないようです。でも、私が提示するある事実を知ったら、考えを改めるかもしれません」

「事実って?」

守永の質問に、

「笹内さんへの最後の聞き取り調査を亡くなる前日に行ったと申し上げましたね。そのときに笹内さんが仰っていたのです。『私のような贋者と一緒に暮らしていても妻は楽しくないだろう。そう思って、せめて心が楽しくなるようなプレゼントをすることにしている。明日は妻の誕生日だ。今日、宝飾店に注文していたルビーのピアスを引き取りに行ってくる』とね」

守永は思わず留美を見た。彼女の耳朶に輝く、赤い石のピアスを。

「それは笹内さんが亡くなった日、そしてあなたの誕生日の夜に、ご主人からプレゼントされたものですね？」

「……そうです」

留美は吉田に視線を向けた。そこにはもう、迷いはなかった。

「あの夜、夫から渡されました」

「そして、お店からの帰りにご主人を車道に突き飛ばした。そうですね？」

「……はい」

「どうして？」

悲痛な声で問いかけたのは、竹上だった。

「どうしてそんなことをされたんですか」

留美はすぐには答えない。代わりに吉田が言った。

「奥様と口裏を合わせているところを見ると、八神さん、あなたも関係していることでしょうか」

八神は突っ立ったまま無言だった。ただ、握りしめたその拳が震えていた。

そういうことか、と守永は思った。

「あんたら、できてたのか」

土橋がストレートに言った。

「酷《ひど》い話だな。間男と浮気女房が亭主が邪魔になって――」

「そんなんじゃありません」

小さいが、はっきりした声で留美が言った。

「わたしは……もう耐えられなかった。あのひとがいつもいつも垂れ流すネガティブな愚痴《ぐち》に耐えられなかったの。その挙げ句、せっかく竹上先生から依頼された仕事も断って。あまりにも身勝手すぎる。だから……」

それきり、口を噤《つぐ》んだ。

「……留美さんは、悪くないです」

絞り出すような声で、八神が続ける。

「あのひとは、笹内さんはいつも自虐の言葉で留美さんをいたぶっていた。自分を責めているようで、じつは周囲に毒を撒き散らしていたんです。それに留美さんは苛まれていた。あの夜、店を一旦出た留美さんが戻ってきて、笹内さんを突き飛ばしたと告白したとき、私はこのひとを守らなければと思ったんです」

「それで、笹内さんがひとりで食事に来たと嘘をついた」

「……守りたかったんです……」

八神は声を震わせた。

「なるほど、わかりました」

吉田は膝にかけていたナプキンをテーブルに置くと立ち上がった。

「では守永さん、申しわけありませんが一緒に来ていただけませんか」

「僕？　何でしょうか」

「笹内さんの遺品選定について、ご意見を伺いたいのです」

「遺品って、この非常時に何を言っとるんですか」

土橋が興奮して、

「たった今、あんたは殺人を暴いたんですよ。警察に報せなきゃならんでしょうが」

「それは、お任せします」

吉田はあっさりと言った。

「さあ守永さん、お願いします」


彼に連れていかれたのは、笹内が仕事に使っていたらしい部屋だった。といっても画材の類《たぐい》はない。作業机に置かれているのはパソコンと液晶タブレット。その背後の壁は一面書棚になっていて、無数の本が詰め込まれていた。その中から吉田は一冊の雑誌を取り出した。

「『月刊イラストレーター』、ご存じですね？」

「もちろんです。イラスト雑誌としては老舗《しにせ》ですから。僕も中学の頃から買いつづけています」

「雑誌にはプロの作品だけでなく、アマチュアの投稿作品も掲載されています。毎号応募作品を審査して順位が決められ、ベスト三位までが載っていた。あなたも応募されていましたね？」

「ええ」

「ここには『月刊イラストレーター』のバックナンバーが保管されています。その中に、このように付箋《ふせん》の付いた箇所がいくつかありましてね。開いてみると投稿のページで、そこには笹内さんの名前がありました」

吉田が開いたページに、たしかに「笹内謙輔」という名前があり、イラストが掲載されていた。

「笹内さんも投稿していたんですね」

「ご存じなかったのですか」

「ええ、自分以外に誰が投稿していたかなんて、気にしたことがなかったので」

「なるほどね」

吉田は意味ありげに頷く。

「笹内さんは第二席、あるいは第三席に選ばれることが多かったようです。そして笹内さんの投稿作品が掲載されている号の第一席には、ほら、守永槐の名前があります」

「それは、僕です。間違いありません」

「そう、あなたの作品が何度か選ばれていました。この雑誌はプロへの登竜門でもあったと聞きました。そこで何回も第一席を獲ったというのは、なかなかすごいことではないかと思います。当時からかなり自信があったのでしょうね。だから他にどんな投稿者が応募していたか気にもならなかった」

「いや、それは……」

「しかし笹内さんにはそれがとても大事なことだった。守永さんの名前は、ずっと笹内さんの心に残っていたんです。自分が決して乗り越えることのできない大きな壁として。その壁は、あなたが作ったものです」

「そんなことを言われても……笹内さんが勝手にライバル扱いしていたからって、僕が責められるようなことは……」

抗議しようとする守永の前に、吉田は封筒の束を置いた。

「あなたは、嘘をつきましたね」

「え？」

「この封筒は机の抽斗《ひきだし》にしまわれていました。今から四十年くらい前に書かれたものです。宛先は笹内謙輔さん。そして送り主は、守永槐さん、あなたです」

守永は古い封筒を見つめた。たしかにあの頃、好んで使っていた水色の封筒だった。

「あなたは笹内さんが『月刊イラストレーター』に投稿していたことを知らなかったと仰った。食事の席でも笹内さんと交流はなかったと明言された。しかしあなたと笹内さんはアマチュア時代に文通をしていた。内容はもちろんイラストについてです。笹内さんが何を書いたのかはわかりませんが、あなたの文章を読むかぎりでは笹内さんの創作上の悩みにあなたが答えるという形になっていたようですね」

「……全部、読んだんですか」

「はい。あなたは懇切丁寧に笹内さんにアドバイスをされていました。この手紙を読むかぎり、あなたが師で笹内さんが弟子のようだった。その関係は、ずっと続いていたのですね?」

「いや、プロになってから彼との連絡はしていなかったので――」

「それも嘘です。ここにはあなたが自著を贈ったときに添えた手紙もありました。海外で何とかという賞を獲った本です」

「何とか、ではありません。『小さな児童文学賞』です」

「そうそう。先程留美さんが見せてくださった本は、あなたが送りつけたものだった。それは、あなたの精一杯の自己顕示だったのですか」

「そうじゃない。僕はただ近況報告のつもりで――」

「だったら笹内さんと最近まで交流があったことを隠す必要も、なかったのではありませんか。あなたが秘密にしようとしたのは、それがあなた自身のプライドに関わることだったからですね。ずっと自分より下に見てきた男が自分よりはるかに有名になり金を稼いでいる。そのことから眼を背《そむ》けたかった」

吉田の告発は穏やかだったが、その言葉に容赦はなかった。

「しかし笹内さんも終生あなたへのコンプレックスを拭《ぬぐ》い去ることはできなかった。あなたから届いた一番新しい手紙は、先月のものでした。そこには、こう書いてあった。『僕で良ければ、君の仕事を引き受けるよ』と。仕事とは『月色城の物語』の装画のことですね?」

「…………」

「あなたは何もかもわかった上で今日、こちらにいらしたわけです。そして望みの仕事を手に入れた」

守永は吉田の視線から眼を逸らした。

「……僕を、告発するつもりですか」

「告発？　まさか。あなたは何の罪も犯していません。ただ、人の心を弄《もてあそ》んだだけです。私はそのことを非難する立場にもありません」

「じゃあ、どうして？」

「申し上げたはずです。遺品選定のために意見を聞きたいと。おかげで収蔵品が決まりました」

吉田は手紙の束を手に取った。

「まさか、それを？　やめてくれませんか。それはできれば燃やしてしまいたい」

「そうはいきません。ここに笹内さんの物語があります。収蔵するに足るべき物語が」

吉田は手紙を自分の鞄に入れた。

「守永さん、この手紙を燃やしても過去は消えません。だから、せいぜい立派な仕事をしてください。『月色城の物語』の文庫が出版されたら、私も購入させていただきます」

そう言うと、吉田は一礼して部屋を出ていった。

残された守永は、付箋の付いた古い雑誌を見つめながら、その場に立ちすくんでいた。

不器用なダンスを踊ろう

少女は自分の余命が短いことを知っていたので、永遠に生きようと思った。

県内屈指の進学校である吉舎《きさ》高校において、日高愛実《ひだかまなみ》の存在は異質だった。ほとんどの生徒が校則を忠実に守り服装や髪形を画一的なものにしている中、彼女だけが髪を染め、制服を着崩して登校していたからだ。当然教師は愛実を強く咎《とが》めたが、彼女は従わなかった。進学に差し支えると注意されても、自分の外見を変えようとはしなかった。言葉遣いも悪く、担任だけでなく生活指導の教師にも罵声《ばせい》を浴びせた。

そんなありさまだったので、当然のようにクラス内で愛実の存在は浮いていた。見た目が功を奏したのかいじめを受けることこそなかったが、誰ひとりとして彼女に近付こうともしなかった。休み時間も自分の机に座ったまま、孤立しているのが常《つね》だった。

学業においても愛実は目立っていた。試験のたびに赤点を取り、補習を課せられていたのだ。進級も覚束《おぼつか》ないぞと担任に威《おど》されていたが、それでもなんとか二年生にはなれた。

彼女に異変が起きたのは二年生になったばかりの春だった。突然学校を休み、欠席は数週間に及んだ。同じクラスの生徒たちは、いよいよ退学かと噂し合った。

梅雨《つゆ》も半ばの頃、やっと愛実は登校してきた。その姿にクラスメイト——決して友達ではなかったが——は驚いた。ふっくらとしていた彼女の頬が削《そ》げ、顔色も白くなっていたからだ。ダイエットでもしたのか、あるいは整形か、などと生徒たちは声をひそめて変貌について話し合った。そうした声は耳に入っているはずだが、愛実は一向に気にする様子もなかった。

さらに一週間後、彼女はさらなる驚きをもたらした。同級生のひとりと言葉を交わすようになったのだ。

麻戸《あさど》俊也《しゅんや》は愛実とは正反対な存在だった。クラス内でも決して目立つことのない風貌で、成績も中の上あたり。文芸部に所属し友人は数人いたが、その中でも埋もれがちだった。

そんな俊也が休み時間、愛実と話している姿を見かけるようになったのは、二学期に入ってからだった。ふたりは毎日のように顔を突き合わせ、話していた。それが噂にならないわけがなかった。俊也の友人が何を話しているのか尋ねると、

「勉強のこと。休んでた分を取り返したいって」

とだけ答えた。好奇心からふたりの会話を近付いて聞いてみた生徒もいたが、俊也が言ったとおり授業のことばかり話題にしていたという。

休日に愛実と俊也が公園を歩いていたのが目撃されたという情報は、瞬《また》く間にクラス内に広がった。間違いない、ふたりは付き合っている。しかしなぜ、あのふたりが？　憶測と妄想が入り混じり、クラス内ではちょっとした嵐が吹き荒れた。

微笑《ほほえ》ましさと妬《ねた》ましさが渦巻く中、愛実と俊也は教室内に自分たちだけの世界を作っていた。

その状況はしかし、長くは続かなかった。十一月に入って愛実がまた学校を休んだからだ。教師からは何の説明もなかった。友人が俊也に休学の理由を尋ねると、

「ちょっとね」

と曖昧に答えるだけだった。クラスメイトたちは情報の乏《とぼ》しさと俊也の態度から、さまざまな憶測を巡らした。

そして十二月に入ったばかりの頃、衝撃的な報せがクラスにもたらされた。日高愛実が亡くなったのだ。

その年の三月に愛実が悪性の腫瘍《しゅよう》に冒されていることがわかった、と葬儀の挨拶で彼女の父親が明かした。すでに手術なども不可能な状態で手の施《ほどこ》しようがなかった。彼女には余命が告げられていたという。

なぜ愛実が休みがちだったのか、なぜあんなに痩せたのか、彼らはやっとその理由を知った。

葬式にはクラスの生徒ほぼ全員が参列した。憔悴《しょうすい》しきった両親がそのひとりひとりに礼を述べた。棺《ひつぎ》に納められ花に埋もれた愛実に生徒たちは深く頭を垂れながら、しかし不審に思っていた。俊也の姿がそこになかったからだ。

悲しくて来られなかったのか、それとも死んでしまったら関心がなくなったのか、などと小声が交わされる中、棺に蓋が載せられた。小窓から顔を覗き込み、両親は嗚咽《おえつ》を洩らした。

そのとき、騒がしい足音と共に会場に飛び込んできた者がいた。彼は今まさに運び出されようとしている棺に駆け寄り、すがりついた。愛実の名を呼ぶ声はやがて慟哭《どうこく》となり、会場内に

流れるＢＧＭを圧した。

泣き崩れる彼に愛実の母親が寄り添った。

「ごめんなさい麻戸君、ごめんなさいね……」

俊也の肩に手を置き、母親も泣いた。その姿は参列者の涙を誘った。

十分後、愛実の棺は黒い車に収められ、葬儀場を出発した。俊也は泣き腫《は》らした眼で車が走り去るのを見送った。少し早い雪が風に舞っていた。

その六ヶ月後、一冊の本が世に出た。


麻戸俊也が初めて日高家を訪れたのは愛実の死から一年以上経った頃、高校の卒業式を終えた、その日の午後だった。

まだ桜の開花には早かったが、吹く風は柔らかく草の匂いを纏《まと》っていた。制服姿の俊也は卒業証書を入れた賞状筒を二本持ち、日高家のインターフォンを押した。

応対に出たのは日高嗣章《つぐあき》、愛実の父親だった。玄関ドアを開けた彼は身形《みなり》こそ整えていたが、頬《こ》は痩け顔色は暗かった。

「ああ、来てくれたか。ありがとう」

力ない笑みを見せた嗣章に、俊也は深々と頭を下げた。

「この度は、その――」

「難しいことを言わなくていい。入ってくれ」

招き入れられた家の中には線香の匂いが漂っていた。

通された和室に愛実の遺影が掛けられている。高校の制服を着ていた。黒髪にふっくらとした顔立ち。まだ病を発症していなかった、そして目立つ恰好をしていなかった入学当初の写真だった。

遺影の向かい側に仏壇が置かれている。愛実が亡くなったときに購入したものだと聞かされた。その前に小さな祭壇が据えられ、真新しい骨壺が置かれていた。傍らには額《がく》に収められたこれも新しい遺影が立てかけられている。彼女は藤《ふじ》色のワンピースを着ていた。肩にかかる長さの髪がゆるやかにウェーブしている。表情は柔らかだった。

「ちょっと前、愛実がまだ生きていた頃の写真なんだ」

嗣章が言った。

「良子《りょうこ》の最近の写真がなかったんでね」

良子――嗣章の妻、そして愛実の母親。彼女の葬式は三日前に行われた。

「まさか同じ病気で妻と娘を亡くすとは思わなかった」

「すみません。お葬式に参列できなくて」

俊也が言うと、嗣章は首を振った。

「いいんだ。来づらいのはわかっていたし。ただ来てくれても良子は怒らなかったと思う。君のことはもう許していたから」

「そうなんですか。でも――」

「せめて、線香をあげてやってくれ」

俊也は言葉を呑み込み、祭壇の前に座った。線香に火を灯《とも》し、香炉に据える。鈴《りん》を鳴らして手を合わせた。高く澄んだ鈴の音が、長く続いた。

お参りを済ませた俊也は持ってきた筒のひとつを嗣章に差し出した。

「愛実さんの卒業証書です。学校から託されました」

嗣章は筒を受け取ると蓋を抜き、中に収められている証書を取り出した。

「愛実も卒業式か。そうか」

広げた証書を見つめながら、呟くように言う。

「無事に卒業できて、よかった。ありがとう。君のおかげだ」

「いえ、僕なんか何も、何もしてませんから」

「していないことはないだろう」

嗣章の声に、少しだけ力が籠《こ》もった。

「君のおかげで、愛実のことは全国に知れ渡ったんだから」

「すみません」

「謝らなくていい。私はありがたいことだと思っている。本当だ」

嗣章は俊也を見つめる。その視線の強さに、俊也は眼を逸らす。

「……本当に、良子さんは僕のことを許してくれたんでしょうか」

「許していたさ。だから今日、君に来てもらったんだ。良子の遺言を実行するためにね」

「遺言?」

「良子は自分が病気だとわかったとき、すぐに書いたんだ。一昨日、開封した。君のことも書いてあった」

「僕の? どんなことを書いてたんですか」

「その話は、もうひとり来てからだ」

「もうひとり?」

「少し待ってくれないか。そろそろ到着するはずなんだが」

チャイムが鳴った。

「来たな」

と言って嗣章は立ち上がり、部屋を出ていった。残された俊也は室内を見回す。元は客間として使われていたと思われる和室には、仏壇の他に木製の棚が置かれていた。上段には木目込《きめこ》み人形の男雛《おびな》と女雛《めびな》が置かれ、その下の段には数冊の本が収められている。その中の一冊に眼が留まった。

『180日間の恋人』と背表紙に書かれている。作者の名は、麻戸俊也。

手に取ることはしなかった。その代わりに良子の遺影を再び見つめる。穏やかな表情は、しかし何も語らなかった。

嗣章が戻ってきた。後ろにもうひとり、男性がついてきている。

「こちらへどうぞ」

「はい、失礼します」

部屋に入ってきた男性は俊也に一礼し、嗣章が差し出した座布団の上に正座した。

嗣章は俊也より背が低かったが、その男性はさらに小柄だった。痩せていて、いささか頼りなさそうにも見える。年齢は三十くらい、いや四十、もしかしたら五十歳かも。とにかく歳がわかりにくい顔立ちだった。髪に白髪《しらが》はなく、黒縁《くろぶち》の眼鏡を掛けている。正座した男性はあらためて俊也に向き直り、言った。

「はじめまして。私、遺品博物館の学芸員をしております吉田《よしだ》・T・吉夫《よしお》と申します」

「いひん、はくぶつかん？」

思わずおうむ返しする。

「遺品を収蔵する博物館です」

吉田と名乗った男は説明した。

「日高良子さんの申請に従い、収蔵品の選定と受け取りに参りました」

「良子の遺言書にあったんだ。自分が死んだら君と遺品博物館のひとを呼んでくれと」

嗣章が説明する。

「吉田さんには良子が遺《のこ》したものの中からひとつ、博物館に収蔵するものを選んでもらう。そして俊也君には」

嗣章は内裏雛《だいり》が置かれた棚の下から、あの本を取り出した。

「良子が買ったものだ。ここにサインをしてほしい。それが妻の遺言だ」

「サイン、ですか」

「問題はないだろう？　これは君が書いた本なんだから」

嗣章は俊也の目の前に本を差し出す。

「はあ……」

俊也は自分の本を見つめた。表紙には向き合う制服姿の男女のイラストが描かれていた。

「ああ、この方が作者の麻戸俊也さんですか」

吉田が興味深そうに俊也を見た。

「お目にかかるのは初めてですが、お名前はよく存じ上げております。私も本は読ませていただきました。いや、感嘆いたしました。高校生とは思えない文才です。しかも内容が何とも素晴らしい。あなたと愛実さん、おふたりの交流が清々《すがすが》しくも哀愁に満ちていて、胸に迫るものがありました」

「あ、どうも……」

あからさまな称賛にどう応じていいのかわからず、俊也は曖昧に答えた。

「この本、売れているんですよね」

「ベストセラーだそうだ」

答えたのは嗣章だった。

「それはすごい。ときに、ここに書かれていることは、本当なのですか。実際にあったことなのですか」

「脚色はされているがね」

今度も先に嗣章が答える。

「小説？　これ、小説なのですか。ノンフィクションではなく？」

吉田に問いかけられ、俊也はうろたえながら答える。

「それは、その……いわゆるノンフィクション・ノベルというジャンルだそうです。この本を出した出版社の編集のひとが、そう言ってました」

「ノンフィクション・ノベル。なかなか面白いものですね。ところどころに創作が入っているということですか」

「創作というか、僕から見た描写とか、僕の考えとかが入ってますけど」

「では、あそこはどうなんです？　あなたと愛実さんが出会ったところの話は。あれも創作ですか」

「いえ、あれは本当にあったことです」

俊也が愛実と初めて言葉を交わしたのは、あの年の、六月初旬のことだった。そのときのことを彼は、こう書いている。


気象庁が梅雨入りを宣言したとたん、律儀に雨が続いた。僕は授業が終わった後も図書室に籠もっていた。

その日も雨が伝う窓の近くで椅子に座り本を読んでいたら、向かいの席に誰かが座った。でも僕は本から目を離さず、読みつづけた。

「ねえ」

不意に声をかけられ、やっと顔を上げた。そこに座っていたのは同じクラスの女子だった。

「何を読んでるの?」

前からの友達のように尋ねてきた。亜麻《あま》色に染めた髪の持ち主はクラスでも、いや、この学校内でもひとりしかいない。

「何を読んでいるの?」

僕が答えないので、彼女はもう一度質問してきた。

「あ……トルストイの『戦争と平和』だけど」

やっと答えると、

「面白い?」とまた訊かれた。

「よくわからない」

正直に答えた。

「面白いかどうかわからないのに、どうして読んでるの?」

「そりゃ、名作だから」

「読んでないのに名作ってわかるの?」

「だって、みんながそう言うから」

「みんなって、誰？」

彼女は質問ばかりしてくる。僕が答えられないでいると、

「自分でも知らない誰かの言うことを信じるんだね」

ちょっと挑発するような言いかただった。

「怒った？」

「怒ってないよ。そのとおりだなって思っただけ」

僕は本を閉じた。

「本当はラノベが好きなんだ。でも図書室には置いてないから」

「本屋にはあるよね」

「あるけど」

「じゃあ、これから本屋に行こう」

彼女は唐突に言った。

「君、文芸部だよね。本屋で君が面白いって思う本を教えて。わたしも読んでみたい」

「あなたの本を読むかぎりでは、愛実さんは快活なひとだったようですね。いくらか突拍子《とっぴょうし》もないところもあったようで」

「そうですね。いつも驚かされてました」

俊也は答えた。

「愛実さんのほうから声をかけてきて交際が始まったのですね」

「交際というか、学校で話をしたり本屋に行ったりって感じで、がっつり付き合ってたって感じじゃないですけど」

「しかしクラス公認の仲ではあった」

「いちいちクラスの連中に公認してもらわなきゃいけないようなものでもないと思いますけどね」

俊也は皮肉の笑みを浮かべる。吉田は質問を続けた。

「愛実さんの病気について知ったのは、この本によると最初に言葉を交わして一週間後だったとか」

「ええ、彼女が言いました。自分の命は短いって」

「随分と早い告白ですね」

「そうでしょうか。でも、あれは彼女の優しさだったと、今になって思います。自分は長く生きられないから、あんまり深入りしないほうがいいよって」

「愛実さんがそう言ったんですか」

「いいえ。でも、そんな気がします」

「愛実は思いやりのある子でしたから」

嗣章が言った。

「麻戸君を傷つけたくなかったんでしょう。だから予防線を張ったんです」

「でも、愛実さんは、こうも言いました。『わたしが死ぬまで、ちゃんと見ててくれ』って」

俊也の言葉に、嗣章の表情が翳《かげ》る。

「あの子は、覚悟をしていたんだな。自分が死ぬというのに。でも私には、できなかった」

「だから愛実さんと俊也さんの交際を認めなかったのですか」

吉田は尋ねてから、

「別に責めているわけではありませんので」

と付け加えた。

「わかっています。でも責められて当然かもしれない。私も妻も、ふたりが親しくなるのを容認することができなかった。特に妻はかなり強く拒絶したんです。俊也君に会って『二度と愛実には近付くな』と念を押すほどに」

「そのシーンも、この本には出てきますね。かなり激烈な言葉で俊也さんを非難したようですが」

「そこが脚色なんですよ。良子はそんなひどい言葉遣いはしない」

そう言って嗣章は俊也に視線を向ける。

「そうかもしれません。でも僕には、こんな言葉を浴びせられたように感じました」

嗣章とは眼を合わさず、俊也は言った。

「良子さんがふたりの交際に反対したのは、なぜですか。俊也さんは本の中で、自分の家が母子家庭だから嫌われたと書いていますが」

「それは違う。違うんだ」

嗣章の声が大きくなる。

「そういうことを書くから、本が出た後で酷《ひど》い親だとか何とか妙な批判をされるようになって迷惑したんだ。良子も、とても傷ついていた」

「でも、どうして付き合ってはいけないのか教えてくれませんでした。だから僕は、自分の家庭事情が問題なのかと思ってしまったんです」

「そうじゃないんだ。私と良子は……愛実を取られたくなかったんだ」

嗣章は拳を握りしめる。

「あの子に残された時間は少ない。だからこそ、せめてあの子がこの世にいる間だけでも、一緒にいたかった。親子三人でいる時間を大切にしたかったんだ。良子は特にその思いが強かった。いっぱい思い出を作って、悔いを残さないようにしたかった。なのに愛実は、君に心を向けた。私たち以外の人間との時間を過ごそうとした。それが許せなかった。私たちは……嫉妬したんだ」

「だったら、そう言ってくれればよかったのに」

「言えなかったんだ。言えば自分たちの浅ましさを認めたことになる。それが、できなかった」

嗣章の絞り出すような告白に、俊也は俯《うつむ》くだけだった。

「なるほど」

吉田は頷きながら、嗣章が俊也に差し出した本を手に取った。ぱらぱらと捲《めく》り、読みはじめる。

「だがね俊也君、私たちは間違っていた。自分のことばかり考えて、愛実の気持ちを思いやることができなかったんだ」

嗣章は悔恨の言葉を吐露する。

「あの子は君と一緒にいる時間を大切にしていた。学校や本屋や公園で君と話したり笑ったりすることを、楽しみにしていた。それが迫ってくる死を一時だけでも忘れさせてくれていた。今ならそうだったんだとわかる。もっとあの子のことを考えてやるべきだった」

「いいえ。僕のほうこそ考えが足りませんでした」

俊也は嗣章に向き直った。

「理不尽に交際を反対されたと思って、恨んでしまった。学校以外では愛実さんに会えなくなって、辛かったんです。そのうちまた愛実さんが入院することになって学校にも出てこなくなって、だから僕は……」

「この本のクライマックスのシーンとなったわけですね」

本を読みながら吉田が言った。

「あなたは病院に行き、ひそかに愛実さんを連れ出した。ふたりで近くの公園に行き、一緒に踊った」

「……踊るなんて、そんなレベルのものじゃないですよ」

照れたように俊也は言う。

そのシーンは、こう書かれている。


「ねえ、はじめて一緒に本屋に行ったとき、教えてくれた本のこと、覚えてる？」

マナミが訊いた。

「もちろん。西条《さいじょう》もがりの『龍王とダンスを』だった」

「それそれ。あの主人公、俊也君に似てるよね」

「そうかな？　僕、ダンスなんかできないけど」

「自分の好きなことは譲らないところが似てる。俊也君、作家になるの？」

「……なりたい、と思ってる」

「なれるよ、きっと」

マナミはそう言った。

「夢を実現するためにはね、手段を選んじゃ駄目だよ。何がなんでも、誰に何を言われても、やっちゃったもの勝ちだから」

「え？」

「何をやってもいい。わたし、応援するから」

マナミはベンチから立ち上がる。でも、めまいを起こしたように倒れそうになる。

「危ない！」

僕は慌ててマナミを抱きとめた。すると彼女は僕の肩に手を回してきた。

「ねえ、踊って」

「ええ？」

「一緒に踊ってよ」

「でも僕、ダンスなんて……」

「大丈夫。こうして」

僕に抱きついたまま、マナミは回りはじめた。弱っているはずなのに、僕はその力に振り回されて、一緒にくるくる回った。

公園の街灯の下で、僕たちはただ不器用に回るだけのダンスを続けた。


「あの後、愛実の容態は急激に悪化した」

「すみません。本当に、すみませんでした」

「いいんだ。あの子に素晴らしい思い出を作ってくれたんだから」

「でも、良子さんは僕を許してくれませんでした。僕が愛実さんの命を縮めたって非難して」

「そうだったな。君は言い返さなかった」

「愛実さんの最期にも立ち会わせてもらえなかったし、葬式にも出るなと言われました。僕、最初は言われたとおり葬式には行かないつもりでした。でも、でもどうしても気持ちが抑えられなくて」

「そしてラストシーンとなったわけですね」

吉田が口を挟む。

「出棺前の棺に取りすがって泣くシーン、なかなかのものです。涙を誘います」

「良子も君のあの姿を見て、自分の間違いに気付いたそうだ。ふたりを無理矢理引き離すのではなかったとね。だから君に寄り添い、一緒に泣いた」

「あのときは、少しだけだけど許されたって気持ちになりました」

「許したんだよ。良子も、私も」

嗣章は言った。

「だが君は、この本を出した。それがまた、良子を硬化させたんだ」

「僕は、愛実さんとの思い出を書き留めておこうと思ったんです。絶対に忘れたくないから。一ヶ月で書き上げました」

「どうして出版することになったんですか」

吉田が尋ねる。

「自分の書いたものにどれだけの価値があるのか知りたかったんです。だから出版社に送ってみました。プロの眼で見てもらいたかったから。そしたらすぐ、本にしましょうと言われて」

「そのまま世に出て評判となったわけですね」

「反響はすさまじいものだったよ。マスコミに取り上げられたりしてね」

嗣章が言う。

「おかげでこの家にも取材が来た。ふたりの仲を引き裂いた、わからずやの両親をね。すでに良子は体調を崩していたから、結構辛かったよ」

「すみません」

俊也は、また謝った。

「僕は自分のことばかり考えて、愛実さんのご両親のことを思いやることができませんでした。そのせいでご迷惑をかけてしまって。本当に申しわけなく思っています」

「何度も謝らないでくれ。さっきも言ったように、良子も最後には君のことを許していたんだから」

「良子さんは、どうして許す気になられたのでしょうね？」

尋ねたのは吉田だった。

「それは、妻も自分の寿命を知ったからです。残された時間がわずかだとわかったとき、自分が何をするべきかと考え、禍根《かこん》を残さないために俊也君を許すことにしたんですよ。妻自身、生きている間に自分の好きなことをしたいと思ったようで、まだ気力のあるうちにふたりでハワイ旅行をしました。新婚旅行以来の海外旅行でした。本場のフラダンスを教えてもらって踊ったりしてね」

言いながら嗣章の眼が潤《うる》んだ。

「ぶきっちょでダンスなんて全然したことなかったのに、楽しそうに踊っていた。あの姿を今でもありありと思い出します。立て続けに家族を失って、私はひとりになってしまった。これからどうやって生きていけばいいのかわからない。いっそ私も、同じ病気になりたい。良子と愛実のところに行きたい。そう思います」

「それは……」

言いかけて、俊也は言葉を途切れさせた。

「お気持ちはわかります」

引き継ぐように吉田が言う。

「しかし今、あなたまでいなくなってしまったら、愛実さんと良子さんを生かすことができなくなります」

「生かす？」

「故人は思い出され、振り返られることでこの世に繋ぎ止められます。死んでもなお、生かされるのです。でもそれは故人の記憶を持っているひとがいればこそです」

「それなら大丈夫だ。良子には兄弟もいるし、愛実はほら、俊也君の本のおかげで大勢の人間が知ってくれているから」

「それは違います。他のひとは、そのひとなりの記憶の中で故人を思い出します。それは決してあなたと同じではない。あなたの記憶にある良子さんと愛実さんは、あなただけのものです」

「私だけのもの……」

「そうです。あなたが死ねば、あなたの中のふたりも死にます。今度こそ、永久に」

「……吉田さん、あんたなかなか面白いことを言いますな」

嗣章は潤んだ眼で微笑んだ。

「私が死ねば、私の中の良子と愛実も死ぬ、か。なるほどね。百パーセント同意したわけではないが、少しはそんな気になる。いや、ありがとう」

彼は頭を下げる。

「じゃあ吉田さん、そろそろ良子の遺品の選定とやらをやっていただきましょうか」

「ああ、それでしたら、もう済んでおります」

吉田は持っている本を嗣章の前に差し出した。

「この本を、遺品博物館に収蔵いたします」


「本当にそんなものでいいんですか」

嗣章は何度も訊いた。

「他にもいろいろありますが。子供の頃から大事にしていたぬいぐるみとか」

「いえ、これでいいのです。是非ともこの本を収めさせてください」

「しかしそれは俊也君の本ですよ。良子とは関係がありませんが」

「大いにあります。これでなければなりません」

吉田は断言した。その勢いに押され、嗣章は渋々ながら承諾した。

俊也はもう一度良子の遺骨と愛実の位牌《いはい》に手を合わせ、日高家を辞去した。

家に帰ろうと歩きかけたとき、後から出てきた吉田に声をかけられた。

「少し、時間をいただけますか。お話ししたいことがあります」

「私たち遺品博物館の学芸員は遺品の寄贈を申し出られた方に聞き取り調査をいたします」

駅前の喫茶店、俊也と吉田は向かい合わせに座っている。コーヒーの香りが軽音楽のように店内に流れていた。

「寄贈希望者の生い立ちや考えかた、家族構成や交遊関係など、さまざまな質問をします。その上で収蔵する遺品を決定しているわけです。もちろん日高良子さんにも聞き取りを実施しました」

「その結果、僕の本を選んだんですか。でも、どうして?」

「選定基準については詳細をお教えすることはできませんが、基本的には物語を重視しております」

「物語って?」

「その遺品がどのような物語を持っているか、ということです」

「そこには愛実さんと僕のことは書いてあるけど、良子さんのことは少ししか出てきませんよ」

「わかっています。肝要なのは本の内容ではありません」

そう言ってから、

「麻戸さん、あなたは日記を書かれていますか」

唐突に尋ねた。

「え？　いいえ」

「日々の行動を記録してはいない？」

「はい」

「なるほど」

吉田は頷くと、自分の鞄から『１８０日間の恋人』を取り出した。日高家から引き取ってきたものだ。

「これ、お読みになりましたか」

「読むも何も、僕が書いたんだから――」

「目の前にあるこの本を、お読みになりましたか」

吉田に重ねて尋ねられ、俊也は「いいえ」と首を振る。

「どうやら嗣章さんもこの本を読んではいらっしゃらなかったようです。中身について何も言われなかった」

「どういうことですか」

答える代わりに吉田は、本の真ん中あたりを開いて見せた。

「ご覧のとおり、この本には書き込みがされています」

行間に手書きの文字が書き加えられていた。「彼女の言葉は的を得ていた」という文章に「射ていた？」と書き、「月がきれいだった」という箇所に「この日は新月です。月は見えません」と書かれている。

「俊也さんもこの本を出版する前に、こんな書き込みの入ったゲラを渡されたでしょう？」

ゲラとは原稿を本にする前に作られる試し刷りのことだった。

「ええ、こんな感じに書き込みが入ってました」

「良子さんは結婚する前は校閲の仕事をしていたんですよ」

校閲――原稿の誤りや不備を指摘し正すことだ。

「こう申し上げては何ですが、この本の校閲は随分と甘かったようですね。それが良子さんには我慢できなかった。だから読みながら、つい書き込みをしてしまったんでしょう。良子さんはかなり厳正な仕事をされる方だったようですね」

俊也はページを捲り、書き込みのある箇所を探した。

「……結構ある。こんなに間違ってるって……まいったな」

「『180日間の恋人』はあなたが書いたものですが、この本に限って言えば、良子さんという優れた校閲者の仕事の見本でもあるのです。遺品博物館の収蔵品としては適格でしょう」

「そういうことですか……でも、僕もこの本が欲しいな。次に増刷されたときに指摘されているところを直したい」

「でしたら書き込みがされているページのコピーをお送りしましょうか」

「あ、そうしてもらえますか。助かります」

「お安い御用です」

吉田は言ってから、

「そのかわり、良子さんの指摘に対するあなたの見解を教えていただけますか」

「見解？　良子さんの指示どおりに直すかどうかってことですか」

「そうではありません。私が知りたいのはここです」

吉田が開いたのは、俊也と愛実が公園で踊るシーンのページだった。


「夢を実現するためにはね、手段を選んじゃ駄目だよ。何がなんでも、誰に何を言われても、やっちゃったもの勝ちだから」

「え？」

「何をやってもいい。わたし、応援するから」


「ここにも良子さんの文字があります。何と書いてあるのか、読んでみていただけますか」

吉田に促され、その箇所を読み上げる。

『愛実は知っていた』

「ただ間違いを指摘しているのではないようですね。さて、愛実さんは何を知っていたと良子さんは指摘されたのか。お心当たりはありますか」

「……いいえ」

「そうですか。では、これはどうでしょうか」

吉田は鞄からもう一冊の本を取り出す。

「これ、ご存じですよね。あなたの高校の文芸部が出している機関誌です。どうやって入手したかは訊かないでください。ここにあなたのエッセイも載っていますね」

俊也は無言で機関誌の表紙を見つめる。

「内容をかいつまんで言えば、作家になるためなら何でもするという、あなたの決意表明です。希望としては小説家になりたいがノンフィクションでもいい。面白い事件とか泣ける実話とかネタがあったら、それを自分で本にしたい。とにかく自分の名前が本屋に並ぶのを見たい。そこまで考える自分は間違っているだろうか、と」

「それは冗談半分で書いたんです」

「冗談が半分ということは、本気も半分ということですね。少なくとも目の前に本にできる題材があったら、手を伸ばす気持ちではあった。そんなあなたの前に、愛実さんが現れた」

「……何が言いたいんですか」

「あなたは先程、自分の行動を記録したり日記を書いたりはしていないと仰《おつしや》った。ですが、この本の中での情報はかなり詳細です。記憶だけでは書けないと思うほどにね。愛実さんとの出来事に関しては詳しく記録をしていたと考えるのが妥当でしょう。しかもそれは、愛実さんが自分の病気をあなたに告白したときから始まっている。つまりあなたは、愛実さんの余命が短いと知ったときから本を書くことを目論《もくろ》んでいた。死を宣告された少女と、それを見守る少年の物語をね」

俊也は動かなかった。椅子に座ったまま体を硬直させていた。

「僕は……でも……」

「たしかにいいネタです。まあ、手垢《てあか》の付いたネタではありますが、こういう話は一定量の需要がありますからね。事実あなたの本は評判になりヒットした。いずれは映画化という話もあるかもしれません」

「……それが、悪いことですか」

俊也は顔を上げた。

「僕は本当のことを書いたんだ。嘘は書いてない」

「わかっていますよ。あなたは間違っていない。しかし私は少々気にしているのです。あなたの中にもしかしたら罪悪感のようなものがあるのではないかと。自分に好意を持ってくれたひとの死を本にしてしまったことを、それで有名になったことを後ろめたく思ってはいないかと」

「それは……」

俊也は言いよどむ。吉田は続けた。

「だから日高家にも足を運べないでいた。愛実さんのお葬式にも——」

「葬式は、あれは最悪だった」

俊也は吉田の言葉を遮って言った。

「僕、どうやったら物語が劇的になるかって考えて、だから……わざと出棺の頃を見計らって……」

「棺に取りすがって泣いたわけですね。映画なら観客に涙を絞り出させる名場面です」

「僕は自分勝手ないやな奴だ。愛実の死を利用して有名になろうとして、ふたりの話に演出を加えたんだ。僕は……」

俊也はテーブルの下で拳を握りしめる。

「本を読んで良子さんが怒ったのも当然なんだ。僕は少しでも面白くしようと、話を盛ったりした。月も出てないのに月明かりがきれいとか書いたのも、そのほうが文章がうまく収まるかなって。だから……」

「その程度の演出なんて、作家なら誰でもやってますよ」

吉田は言った。

「私が以前に遺品博物館に収蔵した素人《しろうと》作家の自伝ですが、じつは半分くらいが創作でした。でもそれがそのひとの生きかただったので、遺品として収蔵する価値がありました。まあそれは極端な話ですが、あまり深刻に考える必要はありません」

「でも、僕は愛実さんを裏切った。あの子を利用したんだ」

「利用した？　そうなんですか」

「だってそうでしょ？　僕は自分の本を出したくて彼女と……」

「本当にそれだけのためですか。あなたは愛実さんに何の感情も抱いていなかったのですか」

俊也は答えようとしたが、言葉が出てこない。

「本を読んだ限りでは、あなたは真剣に愛実さんのことを思っていたように感じられました。棺を抱きしめて流した涙も、多少大袈裟《おおげさ》ではあっても嘘ではなかった。違いますか」

「……最初は、怖かったんだ」

俊也が、ぽつりと言った。

「愛実が図書室で最初に声をかけてきたとき、怖かった。彼女ってほら、あんな外見だったし。僕、かなり警戒してたんだ。勉強を教えてくれって言われたときも、初めはちょっと困ったなって思ってた。でも、話をしてるうちに愛実って見た目ほどじゃないっていうか、わりと素直なんだなってわかってきて。勉強はできないけど頭はよかった。僕が教えると結構すんなり理解してくれて。学校の先生と反《そ》りが合わなくて、それで授業についていけなくなったんだなってわかった。それからは僕も積極的に話すようになったし、愛実も僕の言うことをちゃんと聞いてくれた。あんなにしっかりと僕の話を聞いてくれたひと、初めてだった。僕が書いた小説も読んでくれたし、面白いって言ってくれた。この子がもうすぐいなくなるなんて信じられなかった。そのことを考えると苦しくて辛くて死にそうな気分になった。せめて愛実のことをちゃんと書き残そう、この子がこの世にいたことを忘れないようにしよう、そう思って書いた。自分の本を出したくて書いたけど、そういう気持ちも、たしかにあった」

溢れるように繰り出される俊也の言葉を、吉田は静かに聞いていた。それが途切れたとき、彼は言った。

「愛実さんもあなたのエッセイを読んでいたのですね？」

「……はい」

「やはりそうですか。ならばわかります」

「何がですか」

「あなたの本に書かれている愛実さんの言葉です。『夢を実現するためには手段を選んじゃ駄目だよ。何がなんでも誰に何を言われても、やっちゃったもの勝ちだから。何をやってもいい。わたしは応援するから』これはあなたのエッセイにあった『何がなんでも、自分の本を出したいと思う気持ちは間違っているだろうか』という問いかけへの返答なのですよ。そして彼女自身、手段を選ばなかった」

「どういうことですか」

「愛実さんもまた同じ意図で、あなたに近付いた。あなたに自分のことを本に書いてもらうために」

「それって、でも……」

「図書室での出会いのとき、すでに愛実さんはあなたが文芸部に所属していることを知っていた。あのエッセイも読んでいたのでしょう。そして、このひとなら自分のことを書いてくれると確信して、あなたに近付いたのです」

「愛実が、僕に本を書かせるために……？」

「自分の命が短いとわかっていた愛実さんは、せめて自分のことをみんなが忘れないようにしたかった。そのためにあなたは選ばれたのです。彼女の伝記作家として」

「僕は……じゃあ愛実は最初から僕のことなんか……」

「誤解しないでください。愛実さんはたしかにあなたを利用した。しかし、それだけではなかった。『わたしは応援するから』と言っています。あなたの成功を願っていたんです」

「でもそれは、自分のことを書かれた本が世に出ることが目的で――」

「それだけではありませんよ。愛実さんは自分の人生をあなたに託したのです。ただ利用するだけの相手に、そんなことはできません。あなたのことを信頼していたから、できたんです」

「僕を信頼……そうなのか。愛実は僕を信じてくれてたのか」

「そしてあなたは、その信頼に応えた。証拠が、これです」

吉田は『180日間の恋人』を手に取った。

「この本が出版され、愛実さんの存在は多くのひとに知られるようになった。時が経ち、愛実さんのことを直接知っているひとがいなくなっても、本が残っているかぎり誰かが知ってくれる。愛実さんの存在は永遠のものになったんです」

「永遠……愛実は、永遠の命を手に入れた……」

俊也は吉田が持つ本の表紙を見つめた。向かい合って踊ろうとしている、自分と彼女の姿を。

「この本は日高良子さんの遺品ですが、同時に日高愛実さんの遺品でもある。なかなかの逸品ですよ。遺品博物館の中でも異色の収蔵品となるでしょう。お礼を申し上げます。あなたへの聞き取り調査で有意義な情報を得ることができました。では」

本を鞄に収め、吉田は去っていった。俊也はしばらくその場に座っていたが、やがて店を出て歩きはじめた。行きたい場所があった。

彼の足は公園へと向かっていた。愛実と不器用なダンスを踊った、あの公園へ。

何かを集めずにはいられない

太刀川静子《たちかわしずこ》の店には長い間客が訪れなかったので、彼らは我先にと店へ駆けつけることとなった。

彼ら、というのは須山憲明《すやまのりあき》、所沢圭司《ところざわけいじ》、峰川厚《みねかわあつし》、兵藤陽平《ひょうどうようへい》の四人である。

彼らは同時に静子の死を伝えられた。彼女の曾孫《ひまご》に当たる太刀川修介《しゅうすけ》からメールを受け取ったのだ。

【かねてより病気療養中でした曾祖母太刀川静子が十一月三日に逝去いたしました。財産は唯一の血縁である私がひとりで相続することとなりました。つきましては以前からご要望がありました店内在庫の公開をいたしたく思います。可能であれば十一月十五日午後一時に太刀川商店までご足労いただければ幸甚に存じます】

太刀川商店は谷沢《たにざわ》市の中心から西に外れた山賀瀬《やまがせ》商店街の中にある昔ながらの駄菓子屋だった。市町村合併以前、そのあたりが山賀瀬町という名前だった頃は街道沿いという地の利もあって、それなりに人通りもあり繁盛していたが、今では閉店した店のほうが多い典型的なシャッター商店街だった。太刀川商店も五年前に店を閉め、以来シャッターが開けられたことはない。なので店の中にどれほどの掘り出し物があるかわからない状態だった。

指定された十一月十五日には、四人の男が揃って太刀川商店に駆けつけた。ところどころ塗料の剝げた看板が軒《のき》の上に掲げられた古い建物は今にも朽ち果てそうに見え、この店が過ごしてきた長い年月を無言で語っているかのようだった。

「何度見ても、風情のある店ですねえ」

最年長の須山が言った。地方の小さな都市の役所に勤め、副市長にまでなった後に定年退職し現在は悠々自適、と言えば聞こえがいいが、家族は彼の〝趣味〟に対して決して好意的ではない。それどころか退職金をすべて注ぎ込みかねないと大いに警戒している。しかし本人はそんなことなど見えない聞こえないといった態度で逸品探しに奔走していた。

「いよいよ中を拝見できるわけだ。これはきっと、掘り出し物がありますよ」

「そうですかねえ」

煙草をくわえた所沢が、薄くなった頭を撫でながら応じる。もともと外資系の会社で高給取りだったのだが〝趣味〟が高じて退職、今はフリーライターという肩書で〝趣味〟についての文章をネットに書き散らしていた。

「以前、松本《まつもと》で似たような店に入りましたが、全然スカでした。ろくなものがありませんでしたよ。ここも似たようなもんじゃないかなあ」

もちろんこれは牽制の言葉だ。その証拠に所沢の視線は周囲を抜け目なく探っている。シャッターが開いたら真っ先に乗り込むつもりでいるのは明らかだった。

最年少で大学生の峰川はスマホで店の外観を撮影しているが、やはりライバルたちの動向を気にしているようだった。国内有数の造り酒屋の跡取り息子だが、親が甘いのをいいことに〝趣味〟へとのめり込み、ネットオークションなどでも散財を繰り返していた。

そしてもうひとり、兵藤はむっつりと黙ったまま動かない。もともとは小さな自動車修理工場を経営していたが業績は思わしくなく、それが元で妻とも離婚してしまった。しかしたまたま購入した宝くじが億単位の金をもたらしたのが三年前のこと。手にした大金で工場を建て直すかと思いきやあっさりと廃業し、工場の事務所に〝趣味〟で蒐集した品々を陳列して、その中で日がな一日過ごすことが彼の唯一の楽しみとなっていた。

四人とも、その道では有名なコレクターだった。この太刀川商店は彼らにとって文字どおり穴場といえる場所で、数年前から主《あるじ》である太刀川静子と交渉し、中を見せてもらうように懇願していた。しかし静子は決して応じようとはしなかった。結局彼女が亡くなるまで、店は封印されたままだったのだ。

「それにしても太刀川さん、遅いですなあ」

所沢が腕時計で時間を確認する。

「もう入っちゃいましょうか」

「いやいや、勝手に入るのは問題ですよ」

須山が制した。

「所沢さん、前に仙台《せんだい》でそれやって警察沙汰になったでしょ」

「いやあれはちょっとした行き違いで。ちゃんと断りを入れてたのに話が伝わってなくてね」

言い訳しながら新しい煙草に火を付ける。「お、来た来た」

須山が指差す先に、ひょこひょことした足取りでこちらに向かってくる男が見えた。

「やあ、どうも。皆さんお揃いですね」

男――太刀川修介はにこやかに手を振った。二十代前半のはずだが、鳥の巣のようにぼさぼさと絡まった髪にバンダナを巻き、丸縁眼鏡に伸び放題の髭といった風貌と、極彩色のシャツにブーツカットというよりパンタロンと称したほうが似つかわしい真っ赤なボトムという取り合わせは一九七〇年代のヒッピーを思わせる。テレビや映画の脚本を書いていると自分のことは紹介していた。

「太刀川さん、今日はお招きいただきまして感謝しております」

須山が如才《じよさい》なく挨拶する。

「お蔵出しに立ち会えると思うと今から楽しみですよ」

「この店の中、本当に誰にも触らせてないんですか」

峰川がスマホを構えたまま尋ねる。

「はい。全然です」

太刀川が首を振る。

「曾祖母《ひいばあ》ちゃんが閉めてから、誰も入ってません。俺もここに入るのは久しぶりですね。小学校以来かな。あの頃はまだ曾祖父《ひいじい》ちゃんも元気で、ふたりで細々とこの店をやってました。あんまり儲からなかったみたいだけど、それでも子供を育てて学校に行かせて、その子がまた子供を作って育てて、それから俺が生まれたというわけです」

「なるほど、店に歴史ありですな」

所沢が性急に煙を吐きながら、

「そういう話も伺いたいところですが、できれば早く中を見せてもらえませんかね」

「あ、ちょっと待ってください。もうひとり待たないと」

「え？　もうひとり？」

太刀川の言葉に須山が眼を見開く。

「私たちの他に誰か来るんですか」

「ええ、曾祖母ちゃんの遺言でね」

「それは一体――」

所沢が言いかけたとき、

「あ、来たみたい。おーい、こっちこっち」

太刀川が街道を歩いてくる人影に手を振った。

ゆっくりと近付いてくるその人物は、スーツ姿の小柄な男性だった。黒いボストンバッグを提げ、のんびり歩いてくる。

「あのひともコレクターですか」

峰川が尋ねると、

「コレクターというのとは、ちょっと違うかも。物を集めているという点では同じかもしれないですけどね」

と、太刀川は曖昧に答えた。

「遅くなりました。申しわけありません」

男性は店の前まで来ると、そう言って頭を下げた。そして太刀川に、

「この方々が、例の？」

と尋ねると、答えが返ってくる。

「そう。ハイエナさんたち」

「ハイエナって……」

須山がその言葉に反応する。

「太刀川さん、私は正当な取引をするために来たんですよ。別に屍肉を漁《あさ》りに来たんじゃない」

「そうです。ハイエナって言いかたは承服できかねます」

所沢も抗議した。しかし太刀川は平然とした顔で、

「でも、そうでしょ？　皆さん全員、曾祖母ちゃんが死ぬのを待ってここに来たんだから」

と言う。

「その言いかた、ないと思うな」

峰川も言った。

「僕は別に静子さんが死ぬのを待ってたりしないって――」

「どっちでもいいじゃん」

それまで黙っていた兵藤がはじめて口を開いた。

「早く開けてよ。中を見せてよ。話はそれからだ」

「わかりました。すぐに開けます。でもその前に紹介しておかなきゃいけないんです、このひとを」

太刀川は後から来た男性を手で指し示す。男性は恭《うやうや》しく頭を下げる。

「はじめまして。遺品博物館の学芸員をしております、吉田《よしだ》・T・吉夫《よしお》と申します」

「いひん、はくぶつかん？　何ですかそれ？」

「その名のとおり、遺品を収蔵する博物館です。生前の太刀川静子さんのご意向により、遺品をいただきに参りました」

「遺言があったんですよ」

太刀川は言う。

「手紙に書いたとおり、曾祖母ちゃんの財産は全部俺が相続することになりました。ただしひとつ条件があったんです。遺品博物館に自分の遺品を一点だけ寄贈すること」

「遺品って、何を？」

所沢の問いに、太刀川は答える。

「それは、この吉田さんが決めるんだそうです」

「はい、収蔵する遺品については、私が選定し決定することになっております」

「そうか。じゃあいいや、一緒に店に入って決めちゃえば？」

峰川が言う。

「太刀川さん、早く中に入れてよ」

「だから、そうはいかないんですって。まず吉田さんが収蔵する品を決めてから、その後で皆さんに見てもらうってことで」

「このひとが先に？　どうして？」

「だから、それが曾祖母ちゃんの遺言ですから」

太刀川が繰り返した。峰川だけでなく兵藤も所沢も須山も一様に不満げな表情を露《あらわ》にする。が、遺言と言われては反対することもできなかった。

「じゃあ、さっさと見てきてくれませんかね。我々も急いでいるんで」

須山がぞんざいな口調で言う。

「わかりました」

吉田は機嫌を悪くした様子もなく、皆に一礼してから太刀川に言った。

「開けてくださいませんか」

太刀川が錆びついたシャッターを苦労して開けると、吉田はその奥にあったガラス戸を開く。

四人のコレクターが息を呑んだ。

「これはまあ」

所沢が声を洩らす。

数年ぶりに陽光が照らし出す店内には大きな木製の平台があり、枡《ます》のように区切られた木枠が並んでいる。そこには何も入っていなかった。

「さすがに菓子類は撤去されているか。しかし……」

須山がその奥の棚に眼を移す。他の三人もすでにそちらに注意を向けていた。

そこに収められていたのは、ピストル、吹き矢、笛、人形、自動車、刀……どれも埃を被《かぶ》った古い玩具類だった。

「いいぞいいぞ」

所沢が嬉しそうに、

「今までいろいろな駄菓子屋を見てきたが、これは文字どおり、宝の山だな」

そう呟きながら彼は、店の中に足を踏み入れようとした。

「待ってください。さっき話したように吉田さんに優先権がありますから」

太刀川が止めると、彼は不満そうに睨みつけた。しかし、

「気に入らないなら、帰ってくださって結構ですが」

そう言われ、渋々後戻りする。

「なるほど、これはなかなか興味深い」

吉田は棚に置かれているものを眺める。そして物欲しげに立っている四人に言った。

「皆さんは、こうした昔懐かしい玩具を蒐集されているのですか」

「そうだよ」

須山が答える。

「私たちはみんな、こういうのを集めることを〝趣味〟にしている」

「そう。〝趣味〟だよ」

所沢が続けた。

「全国津々浦々《つつうらうら》の店を回って、デッドストックの中から貴重な品を見つけ出すことを楽しみにしているんだ」

「それを転売されるんですか」

吉田が訊くと、

「とんでもない」

峰川が否定する。

「たしかに最近じゃ貴重なグッズをネットオークションに出して儲けている奴らとかもいるけどさ。僕はそんなことはしない。純粋に自分で楽しむために集めてるんだ」

「私だってそうだ」

「俺もだよ」

須山と所沢が同意する。兵藤だけが無言だった。

「おや？　あんたは売りもするのかい？」

須山が皮肉っぽく訊くと、

「どうでもいいよ、そんなことは」

兵藤は素《そ》っ気《け》なく答えた。

「それより、品物を見たい。吉田さん、早くあんたの取り分を選んでくれ」

「できればあまり価値のないものを選んでくれるとありがたいんだがね」

所沢が言った。

「いや、そこにあるものでなくてもいい。遺品っていうくらいだから婆さんが使ってた茶碗とか、そういうのを持ってってくれよ。頼むわ」

「何を選ぶかは、私が決めますので」

吉田は素っ気なく答え、店に入っていく。

彼は棚に詰め込まれた玩具類を丁寧に見て回ると、いくつかを手に取って眺めた。

「これは懐かしい。紙火薬を詰めて撃つピストルなんて、何十年ぶりかで見ましたよ。こちらはブロマイドですか。ああ、このアイドル歌手、よくテレビで観ましたねえ」

しみじみとした口調で思い出を語る。四人のコレクターはその様子をやきもきしながら見ていた。

十分ほどそうしていた後、吉田は店の奥に姿を消した。

「あっちにも何か玩具を置いてるんですか」

峰川が尋ねると、

「あったんじゃないかなあ」

太刀川は曖昧に答える。

そのまま十分、十五分と吉田はなかなか姿を現さなかった。

「おいおい、いつまで待たせるんだよ。いい加減にしてくれよ」

須山が抗議するが、太刀川は余裕の表情で、

「まあまあ、落ち着いてください。吉田さんの用事が終わったら存分に見てもらいますから。ところで」

と、何でもないことのように話題を変えた。

「皆さん、曾祖母ちゃんがどうして死んだか、知ってますか」

「えっと……どうしてって言われても……」

四人は互いに顔を見合わせる。

「ただ死んだって聞いただけで」

「死因までは知らないけど」

「なるほど、誰も知らない？　関心があるのは、お店の中にあるお宝だけですか。やっぱり皆さん、ハイエナなんですねえ」

「いやそれは――」

「そのとおりだよ」

抗議しかけた須山を兵藤が遮った。

「僕が気にしてるのは店の中にあるかもしれないレアな玩具だけだ。婆さんがどうやって死のうが関係ない。でもさ太刀川さん、あんただって僕たちに店のものを高く買ってもらいたいから呼んだんだろ？　こういうの、同じ穴の狢《むじな》って言うんじゃない？」

「ええ、そうですよ。俺もハイエナです」

太刀川はあっさりと頷く。

「遺産ったってたいした額じゃないし、手続きとかが面倒なだけでね。せめてあなた方にここのものを高く買ってもらわないと割に合わないんです」

「損得が一致したわけだな」

所沢が嗤《わら》った。

「それで？　静子さんはどうして死んだんだね？」

「病気じゃないの？　だって太刀川さんにもらった手紙に『かねてより病気療養中でした』って書いてあったけど」

峰川が言うと、

「そう、曾祖母ちゃんはたしかに病気でした。心臓を悪くして入院治療してたんです。でも十月末には退院して、この家に帰ってました。そして三日未明に死んでるのが近所のひとに発見されたんです。曾祖母ちゃんは店の前、ちょうど皆さんが立っているところで死んでたそうです」

太刀川の言葉に、四人は揃って自分の足許を見回す。特にこれといった痕跡もなかった。

「曾祖母ちゃんは毎日午前三時過ぎには起きて店の前の掃除をしてました。それが店をやってた頃からの習慣だったんですよ。店を閉めた後も、自分の体調が悪くなっても、その習慣を変えなかった」

「で、掃除の最中に心臓発作を起こしたってことか。悪いけどそれって年寄りの冷水《ひやみず》ってやつじゃ――」

須山の言葉が終わらないうちに、

「違うんですよ。曾祖母ちゃんは病気で死んだんじゃない。車に撥《は》ねられたんです」

「車に？　誰の？」

「今現在はまだ、わかってません」

「つまり、轢《ひ》き逃げってことか」

「そういうことです。警察が調べて、曾祖母ちゃんと衝突したときに割れた車のライトの部品らしいものが見つかったんだけど、今のところ事故車の特定もできてないみたいで」

「それは酷《ひど》い話だ。犯人が見つからないと太刀川静子さんも浮かばれないでしょうねえ」

所沢がおざなりな憐《あわ》れみの言葉を口にする。

「一刻も早く犯人が見つかると良いのですが」

「ええ、見つけたいと思ってます。俺も、吉田さんも」

「吉田さん？　彼は静子さんと何か縁が？」

「いえ。遺品博物館の学芸員と収蔵希望者という間柄でしかないそうですよ。でも曾祖母ちゃんを死なせた犯人を突き止めたいという気持ちは強いそうです」

「突き止めたいって……まあ、気持ちはわかりますけど、それは警察に任せるしかないでしょう。あのひとに何かできるわけでもないだろうし」

須山が言うと、

「いや、できるそうですよ」

太刀川が答えた。

「だから今、ひとりで店の中に入ってもらってます」

「どういうこと？」

峰川が尋ねると、

「吉田さんが言うには、犯人を見つける手掛かりが店の中にあるんだそうです」

太刀川が言う。

「それを収蔵品に選ぶつもりだと言ってましたよ」

「手掛かりが……ここに」

そう言葉を洩らしたのは、太刀川静子を殺害した犯人だった。

「……ずいぶんと時間がかかるな」

須山がじりじりしながら、

「いったい、どれだけ待たせるんだ？」

「まだ三十分くらいだ。そう急《せ》くなよ」

所沢が余裕を見せる。が、そう言う彼も苛立っていることは足許に散らばった吸殻《すいがら》の数でわかった。

峰川は黙ってスマートフォンを弄《いじ》っていたが、

「……でも、本当かなあ」

と、呟く。

「本当にあのひと、轢き逃げ犯を見つけられるの？」

「どうだかね」

須山が大仰《おおぎょう》に首を捻《ひね》る。

「轢き逃げといったって事故なんだから、たまたまこの店の前を走っていた車が静子さんをうっかり撥ねてしまったということだろう。なのに店の中に証拠があるとか、どう考えてもおかしな話だ。ねえ太刀川さん。そう思いませんか」

と、太刀川に同意を求める。しかし彼は髭をひねりながら、

「もう一度、足許を見てもらえます？」

と言う。

「足許？」

四人は不審げに下を向いた。

「……何もないけど？」

峰川が尋ね返した。

「そう、何もないんです」

太刀川は頷く。

「曲がりなりにも人を轢いちまったとしたら、びっくりして急ブレーキかけますよね、普通は。でも地面には、その痕跡がないんです」

「言われてみれば……でも、それがどうだと言うんですかな？」

所沢の質問に、太刀川は何でもないことのように言う。

「結論は簡単。轢き逃げ犯はブレーキを踏まなかった。最初から踏むつもりがなかったんです」

「最初からって、それは……」

「そう。これは故意なんですよ」

「まさか。誰かが静子さんを轢き殺したと？」

「警察でも、そう考えて捜査してるみたいです」

四人は互いに顔を見合わせた。

「一体、誰がそんなことを……？」

「それを知るために今、吉田さんが店に入っているわけです」

「……しかし、警察が見つけられないでいる犯人を博物館の学芸員ごときが見つけられるとは思えないがなあ」

須山が首を傾げる。

「はったりなんじゃない？」

所沢が言った。

兵藤は太刀川に近付き、

「あの吉田って男、何者？」

と尋ねる。

「だから遺品博物館の――」

「それって本当の話？　なんか眉唾《まゆつば》っぽいんだけど」

「言われてみればそうだよなあ。遺品博物館なんて聞いたことないし」

須山が同意する。

「太刀川さん、あんたちゃんとあの男の身許、確かめた？」

「そう言われても……曾祖母ちゃんの遺言に連絡先が書いてあって、そこに電話したらやってきたんですよ」

「怪しいなあ。すごく怪しい」

峰川も訝《いぶか》しむ。

「ほんとはそんな博物館なんかなくてさ、あのひとはもしかして――」

と、言いかけたとき、店の奥から吉田が姿を現した。

「終了いたしました」

そう言ったが、見たところボストンバッグ以外に持っているものはない。

「吉田さん、ちょっと訊きたいんだが」

所沢が言った。

「あんた、本当に遺品博物館とやらの学芸員さんなのかね？　そもそも遺品博物館なんてものが本当に存在するのかね？」

「そのご質問、じつはよく受けます」

吉田は気を悪くした様子もなく、答えた。

「収蔵希望者の方は多くの場合、遺品博物館と契約をかわしたことを秘密にしておられます。生前に要らぬ悶着などを起こしたくないからでしょう。なので関係者の方々は遺言書が公表されて初めて、遺品博物館の存在と亡くなられた方の御遺志を知ることになります。戸惑われる方も大勢いらっしゃいますよ。そういう方には、こう申し上げております。遺品博物館は存在します。しかし、それを信じていただかなくても結構です。ただ、遺言書に書かれた故人のお気持ちは尊重していただきたく思います、と」

「しかしねえ、証拠もなく信じろって言われてもなあ」

食い下がろうとする所沢に、

「別に所沢さんが信じてなくてもかまわないんですよ」

言ったのは、太刀川だった。

「あなたは遺産の相続者じゃないんだから。単なるハイエナさん。でしょ？」

「だから、そのハイエナって呼びかたはやめてくれ」

所沢は表情を歪める。代わって須山が尋ねた。

「あんた、店の中を見たら静子さんを轢き逃げした犯人がわかるって言ったそうだね。それ、どういう意味なんだ？」

「そのことですか。たしかに奇異に思われるでしょうね。しかしながら、それは事実です」

吉田は言い切る。

「私は今、店内を調査して確たる証拠を見つけました」

「どんな証拠なんだ？」

言い募る須山に、

「それについて説明します前に、太刀川静子さんという方のことを少しお話しさせていただきたく存じます」

吉田が言った。

「太刀川静子さんはもともと山賀瀬ではなく、東京に生まれました。旧姓は真中《まなか》、江戸時代から続く呉服問屋の長女でした。しかし十六歳のときに近所に住む太刀川良成《よしなり》という大学生と恋仲になり、反対する両親に背《そむ》いて家を出ました。いわゆる駆け落ちというやつです。ふたりは逃亡の果てにこの山賀瀬に辿り着き、住み着きました。最初は田畑の手伝いや裁縫などで生計を立て、戦後に良成さんが戦場から戻ってからこの太刀川商店を開いたのです。以来この土地で慎ましやかながら平穏に暮らしました。子供がこの土地から離れた後、良成さんは十年前に亡くなり、その後は静子さんひとりで店を営んでいましたが五年前に遂に閉店し、そして先日、静子さんも亡くなったというわけです」

「吉田さん、どうしてあんた、静子さんのことをそんなに詳しく知っているんだ？」

須山が尋ねる。

「遺品博物館に収蔵を希望される方については、その生涯を詳しく伺うことになっております。加えて周辺から情報を集めることもいたします。収蔵品を決定するには、その方の人生に関わる物語が必要となりますので」

吉田は一息ついて、

「さて。ここまでお話ししたのは表向きの出来事です。じつは太刀川静子さんの人生には隠された一面がありました。正確には太刀川夫妻には、です。静子さんと良成さんは駆け落ちをしてここ山賀瀬にやってきたと申しましたが、暮らしは決して楽なものではなかったようです。縁もゆかりもない男女を温かく迎え入れ仕事も世話してくれるほど、この土地の人々は寛大ではなかった。先程『田畑の手伝いや裁縫などで生計を立て』と言いましたが、それとても本当のところ、生きていくのがやっとといったところでした。店を持てるほどの蓄《たくわ》えを作ることなど到底できません。しかしながら戦後間もなくふたりはここで商売を始めた。その資金を一体どこから手に入れたのか」

吉田はここで言葉を切り、軽く咳払いをした。四人のコレクターは黙って彼の話の続きを待つ。

「太刀川商店となる前、ここは普通の民家でした。住んでいたのは魚梁瀬《やなせ》イトという老婆です。

早くに夫に先立たれ独り暮らしをしていましたが、その夫が腕のいい職人だったこともあり、暮らしに困らない程度の蓄えはあったそうです。そして太刀川夫妻はこの家の隣にあったイトさんの持ち物である小さな家を借りて住んでいました。イトさんには子供がおらず身寄りもなかったこともあり、若い夫婦には自分の子供のように接していたようです。静子さんも良成さんもイトさんの手伝いをして重宝されていたようで、良成さんが出征した後は静子さんを自分の家に住まわせ、戦後に戻ってきた良成さんも同じようにこの家で生活するようになりました。文字どおり三人は家族のように暮らしはじめたというわけです。

そして悲劇が起きました。ある晩、この家が何者かに襲われたのです。窓が破られ、寝ていた三人は鈍器のようなもので殴りつけられました。静子さんは足の骨を折る大怪我をし、良成さんも頭を殴られ一時意識不明となりました。そしてイトさんは、哀れなことに命を落としてしまいました。三人を襲った強盗はイトさんが簞笥《たんす》の中に隠していた現金を奪い、逃走しました。後に静子さんと良成さんが警察に話したところによると、襲ってきたのはぼろぼろの軍服を着た浮浪者のような男だったそうです。警察はすぐに強盗を追いましたが、結局捕まえることはできなかった。

イトさんの死後、太刀川夫妻はそのままこの家に留まりました。そして二年後、家を改築して駄菓子屋を始めたのです」

「待ってくれ。その強盗とやらは捕まらないままだったのか」

須山が口を挟んだ。

「犯人は見つかっていないようですね」

吉田がそう答えると、彼は顎を撫でながら、

「なるほど、そういうことか」

と、意味ありげに呟く。

「なんだ？　そういうことって？」

所沢が尋ねると、

「今の話、聞いてなかったの？　明々白々じゃないか」

須山は笑った。

「強盗なんて、最初からいなかったってことだよ。全部太刀川夫婦が仕組んだ狂言だ」

「嘘だってこと？　でも、夫婦も怪我をしたんだよね？」

峰川が言う。しかし須山は首を振って、

「そんなの、金を手に入れるためにはなんてことない代償でしょ。多分夫婦お互いに棒か何かで殴り合って、警察にばれない程度の怪我をしたんだ。イトって婆さんを殺した後にさ」

「殺した……静子さんが？」

所沢は太刀川に眼を向ける。曾祖母が強盗殺人犯だと名指しされたのに、彼は特に表情も崩さずにいた。

「図星なんでしょ？　どうなの？」

須山に問いかけられ、太刀川は肩を竦《すく》める。

「俺にはわからないですよ。曾祖母ちゃんの話を聞いたの、吉田さんだし」

「逃げかよ。まあいい。吉田さん、太刀川夫妻がイトって婆さんを殺したんだな？」

「そのとおりです」

吉田は答えた。

「夫妻は架空の強盗に罪を被せ、イトさんを殺害して現金を奪いました。それを元手に店を開いたわけです」

「なんとねえ。あの婆さん、虫も殺さないような顔してたのに。人はわからないものだな」

「でもさ、それってもう七十年くらい昔の話でしょ」

峰川が言った。

「それと静子さんの轢き逃げと、どういう関係があるの？　あ、もしかして全然関係ない？」

「いえ、関係はあります」

吉田が応じる。

「太刀川夫妻がイトさんを殺して金と家を奪ったのは、逼迫《ひっぱく》していた生活をなんとかしなければという思いがあったからでした。もともと駆け落ちしてここまで流れてきた身です。帰る場所はない。頼るべき縁者もいない。そのことについては同情もできます。しかしながら強盗殺人は大罪です。しかも山賀瀬に来てからなにくれとなく世話をしてくれた恩人を殺して金を奪った。決して許されることではありません。太刀川夫妻自身、その罪の意識から逃れることはできなかったようです。ずっと苦しんでいた。だから、あんなことを始めたのでしょう」

「あんなこと？」

「この店の奥、住居となっている部屋のひとつに大きな祭壇があります。一見すると仏壇のようですが、形式がどの宗派とも違っています。そして祭壇の中央には古い写真が飾られています。亡くなったイトさんの遺影です」

「自分たちが殺したイトを弔《とむら》うためのものか」

「そのようです。しかしながらイトさんの仏壇は別にあるのですよ。命日には僧侶を呼んで読経もしてもらっていたそうです」

「仏壇とは別に祭壇がある？　おかしな話だな。その理由もあんたは聞いてるのか」

須山の言葉に吉田は頷く。

「はい、静子さんに教えてもらいました。今からおよそ三十年前、まだ良成さんも存命だった頃、太刀川商店の前にひとりの僧侶が立ち、読誦《どくじゅ》を始めました。静子さんが店の外に出て御布施《おふせ》を渡したのですが、その僧侶は立ち去ろうとしなかった。ただ一言、『この家に仇怨《きゅうえん》あり』と告げたそうです。仇《かたき》と怨《うら》み。心当たりのある静子さんは動揺し、良成さんを呼びました。すると僧侶は彼に『罪過を悔《く》いて改むるべし』と言った。太刀川夫妻は己の罪を見抜かれたと思い、僧侶の前に跪《ひざまず》き自分たちが犯した罪を告白し、許しを乞いました。すると僧侶は家の中に入り、ここに特別な祭壇を作って祀るよう指示しました。祭壇の道具類は数日後に僧侶がすべて用意し、その前で読経しました。そして自分はこれから毎年本山でイトさんの御霊を慰める読経をしてあげようと言ったそうです」

「ちょっと胡散臭《うさん》いが、なかなか親切な坊さんだな」

所沢が言った。

「太刀川夫妻が罪人だって見抜いたってのは、本当かな。だとしたらすごいけど」

峰川が訝しげに首を捻る。吉田は言葉を継いだ。

「毎年、太刀川夫妻はイトさんの慰霊《いれい》のために十万円を、その僧侶宛《あて》に送金していたそうです。祭壇に置く道具類なども僧侶から購入していたようですね」

「なんだ、結局は金か」

須山が呆れたように言う。

「その坊さん、金目当てだったんだな」

「でも、太刀川夫妻がイトさんを殺したことを見抜いたんでしょ？　やっぱり霊力のあるお坊さんだったんじゃないの？」

峰川が反論すると、

「霊力などなくても、それくらい見抜けますよ」

吉田が言った。

「現にあなたがたも私の話を聞いて、太刀川さんたちがイトさんを殺したと推測できました。当時この町でも、きっとそんな噂は流れていたのではないでしょうか。その噂を聞きつけた僧侶が、それを利用した」

「なるほどね。体《てい》のいい恐喝か」

「しかし太刀川さんたちは僧侶が用意した祭壇を熱心に拝んでいました。そうすることで心の平安を保とうとしていたのでしょう。それなりに効果のあることだったといえるかもしれませんね。

ところで、この僧侶は何者なのでしょうか。静子さんは彼に毎年送金していたのですから当然、彼の住所と氏名は知っていました。しかし僧侶にそのことは決して誰にも明かしてはならないときつく口止めされていました。私の聞き取り調査のときにも聞かされませんでした。そのときは特に問題とも思わなかったのですが、こんな状況で静子さんが亡くなった今となっては、それが重要なことになってきました」

「どういうこと？　坊さんと静子さんの死に関係があるの？」

峰川が尋ねる。

「ある、と私は考えています。というのも聞き取り調査の際、静子さんからこんなことを聞かされたのです。『あのお坊様も代替わりしたようで、跡継ぎの方がいらっしゃった。お坊様には見えない普通の姿だったが、たしかにお坊様の息子さんだと言った。だが先代ほど徳のあるひとではなかった。それどころか昔の殺人のことをばらされたくなかったら、店にある古い玩具を全部寄こせと脅した』と」

「店の玩具を全部寄こせ？　なんて悪辣《あくらつ》な」

須山が憤《いきどお》る。

「で、静子さんは応じたのかね？　いや、言われたとおりにしていたら、店に玩具類が残っているわけないか」

「ええ、静子さんは拒否したそうです。『店にあるものは亡くなった夫との思い出の品だ。今もひとりで店に入り、玩具を見ながら昔の思い出に浸ることだけが自分の幸せだ。だからたとえ過去の罪業が暴かれようと、渡すわけにはいかない。どうせ自分はもう老い先短い。今更人殺しだとばれたところで怖くはない。だがもしも秘密を暴露するようなことがあったら、あなたが自分を脅迫したことも世間にばらす、と僧侶の息子にも言い渡した』と仰っていました」

「なかなか気丈な婆さんだな」

須山が言った。

「しかしおかげで大事な玩具が持ち出されずに済んだわけだ。我々としては感謝するしかないな。なあ？」

と他の三人に同意を求める。

「そうは思っていない方がひとり、いるようですね」

吉田が言う。

「その方はせっかく玩具を独り占めすることができると思っていたのに、拒《こば》まれた。しかも自分が脅迫者であることを明かされてしまうかもしれない。これはもう静子さんを亡き者にしてしまうしかない。そう思われたのでしょう」

一瞬、沈黙が降りる。四人のコレクターが互いを見合わせた。

「まさか」

「この中に犯人が？」

「…………」

「誰だ？」

「それはもう、わかっております」

吉田がボストンバッグを開けた。中から取り出したのは古い手帳だった。

「これは店に置いてあった住所録です。取引していた問屋や常連客、酒屋や米屋などの住所と電話番号が記されています。その中に『御坊様』と書かれていた欄がありました。住所は東京都墨田《すみだ》区。名前は兵藤信平《しんぺい》。陽平さん、この方はあなたのお父さんですね？」

須山、所沢、峰川の三人の視線が兵藤に向けられた。

「僕が、殺したっていうのか」

兵藤は低い声で言った。

「私はそう考えております」

吉田が応じる。

「お認めになりますか」

「冗談じゃない。どこに証拠があるんだ？」

「あ、それ、犯人の常套句だ」

峰川が言う。

「それ言った時点で、犯人確定じゃん」

「うるさい。僕は証拠を出せと言ってるんだ」

「証拠なら多分、あると思います。あなたのお宅に」

吉田は静かに言った。

「警察は轢き逃げした車を必死に探していますが、今はまだ見つかっていません。ライトが破損している以上、事故車であることを隠蔽《いんぺい》するために一刻も早く修理に出したいはずだと考え、修理工場も軒並み当たっているようですが。でももしも、その車が今は廃業した修理工場に入れられていたとしたら？　兵藤さん、あなたの趣味の品が置かれているのは、まさにそういう場所でしたね？」

「………」

「車の修理は済ませてしまったかもしれませんが、工場内には何らかの痕跡が残っている可能性が高いと思います。現在の科学捜査技術が、それを見つけ出してくれると思いますよ」

兵藤は無言になった。

「じゃあ、そろそろいいですかね」

太刀川はそう言ってスマートフォンを取り出した。

「兵藤さん、悪いけどあなたは今回のお宝の奪い合いには参加できません。警察に連れてってもらいますから。あ、何か言い残すことはありますか」

「何も、ない」

兵藤は短く言った。

「弁護士に会うまで、何も話さない」

「いい心掛けですねえ。好きにしてください。後の三人のハイエナさんたちは、もう少し待ってくださいね。直《じき》にあなたたちの欲しいものを存分に見せてあげますから」


「この怪獣ソフビは、おそらく昭和四十九年製だな。なかなか貴重だ」

「ベーゴマは在《あ》り来《きた》りのものだが、保存状態がいい」

「すごい。初期魔法少女シリーズのグッズがこんなにあるなんて……！」

三人の男たちが文字どおり貪《むさぼ》るように宝の山に分け入っていく様を、太刀川は吉田と上がり框《かまち》に腰を下ろして眺めていた。

「ひとつ疑問があるんですけど」

太刀川が吉田に言う。

「そんなに店の玩具が欲しかったなら、兵藤はどうして曾祖母ちゃんを轢いた後、店に入って盗んでいかなかったんでしょうね？　盗《と》り放題だったのに」

「できなかったのですよ」

吉田は答える。

「店が荒らされていることがわかったら、犯人は店の品物を欲しがっていたコレクターのひとりだとわかってしまいますから」

「ああ、なるほど」

太刀川は頷きながら、店の品物を漁る男たちの様子に眼をやる。

「しかし浅ましいねえ。今にも涎《よだれ》を流しそうだよ」

小馬鹿にしたように言う太刀川に、

「ひとが物を蒐集しようとする欲求は、根源的なものかもしれません」

吉田が言った。

「自分の欠けている箇所に詰め込もうとするように物を集めつづけるひとを、何人も見てきました。私はそれを蔑《さげす》む気にはなれません」

「あなたも同じようなものだから、ですか」

「私の仕事も結局は、そういう欲求を基に始められたのかもしれません」

「吉田さんは何か集めたりしてるんですか。この博物館の仕事ではなく、個人的に」

「何も。私自身には蒐集欲というのはありません。ただ強《し》いて言うなら……」

吉田は少し間を置いて、

「寄贈者の方の話を聞いて自分の記憶の棚に収めること、でしょうか」

「今まで、いろんな話を聞いてきたんでしょうね」

「ええ、いろいろと。面白い経験もしてきました。しかし今回のように探偵めいた役を依頼されたことはありませんでしたよ」

「すみませんね、俺の勝手に付き合わせちゃって」

太刀川は言った。

「でも、面白かった。追いつめられたときの兵藤の顔、見ました？　笑っちゃいそうだった」

「太刀川さん、どうしてこんな芝居めいたことをされたのですか」

吉田が尋ねる。

「住所録に兵藤信平の名前を見つけたとき、その名字から兵藤陽平が犯人ではないかと目星を付けたのでしょう？　そのときに警察に知らせてもよかったのでは？」

「それはね、俺もコレクションが好きだからですよ」

太刀川は答えた。

「俺が集めてるのは、人間の感情です。怒るにせよ泣くにせよ、ひとは複雑な感情を抱いて、それを面《おもて》に表す。そいつを自分の眼で見て、ストックする。それが楽しい」

「それをご自身の仕事に役立てるのですか。次に脚本を書かれる映画は、ミステリとかで？」

「いや、俺が書くシナリオはいつも恋愛コメディです。旬《しゅん》のアイドルが出演する甘くて柔らかくてキラキラした話ですよ。そういうの、得意なんです」

太刀川は微笑《ほほえ》んだ。

「負の感情を見て集めるのは、純粋に個人の趣味でね。コレクションで仕事はしたくない。もししてしまったら……いや、それはそれで評判になるかもしれないけどね。さて、そろそろお時間では？」

「そうでした。ではこれで失礼いたします」

吉田は立ち上がる。太刀川は彼に尋ねた。

「本当に収蔵品、あれでよかったんですか」

「ええ、もちろん。あの住所録には太刀川静子さんの人生が詰まっていますから。静子さんも集めていたのでしょうね」

「集める？　何を？」

「時間です」

吉田は言った。

「住所録の一番最初に書かれていたのが何か、御覧になりました？」

「いや」

「『真中呉服店』の住所です。二度と帰ることがなかった静子さんの実家ですよ。この住所録にはそのときからの、あの方の〝時間〟が蒐集されていたのです」

「なるほど、誰も彼も、何かを集めずにはいられないってことか」

太刀川が言うと、吉田は一礼して店を出た。ボストンバッグを提げ、バス停に向かって歩きだす。

背後でコレクターたちの歓声が聞こえた。

空に金魚を泳がせる

少年は傘が好きだったので、いつも青空を望んでいた。

そのことを沢城信治《さわしろしんじ》はまだ知らなかった。彼が知っていたのは自分の家庭から安寧というものが永遠に失われてしまったということだった。

信治は印刷会社を経営する父幸浩《ゆきひろ》と母寿美子《すみこ》の長男として生まれた。三年後に妹の治江《はるえ》が生まれ、兄と妹は共に大学を卒業するまで家を出ることなく家族四人で暮らした。信治は父親の会社に就職し、そのまま家に残ったが、治江は国家公務員の試験に合格して中央官庁に勤めることになり、上京した。彼女は後に同僚と結婚し、子供を育てながら今でも第一線で働いている。

信治は父親の仕事を手伝いながら経営のノウハウを覚えた。入社当初から会社を引き継ぐつもりでいた。三歳年上だった社員の美咲《みさき》と結婚したのも、彼女が会社の経理を一手に引き受けていて、一時期資金繰りが厳しくなって経営難に陥《おちい》ったときに幸浩に協力して会社の立て直しに貢献したからだった。父の「寿《ことぶき》退社でもされたら惜しい。誰かに取られるくらいならおまえが嫁にしろ」という言葉に抵抗することなく従った。美咲も彼との結婚にあっさりと同意した。なぜ自分と結婚する気になったのか、信治は彼女に尋ねたことはない。

ふたりが結婚した翌年に寿美子が癌《がん》で亡くなった。そのまた翌年、ふたりの間に男子が誕生した。翔太《しょうた》と名付けた。

子供を産んでから美咲に変化が起きた。それまで誰に対しても一歩退《ひ》いたところから見ているような態度を取っていた彼女が、すべてのことについて翔太を最優先するようになった。美咲だけでなく幸浩も孫を溺愛した。幼少期から玩具などを買い与え、美咲に窘《たしな》められるほどだった。幸浩は孫への愛着を隠そうともしなかった。翔太も祖父に甘えることが多かった。

信治自身は翔太を中心とした家族のまとまりの中で、少し離れた位置にいることを自覚していた。息子に愛情を感じなかったのではない。ただ妻や父親のように自分以外の者に対して感情を露《あらわ》にすることができなかった。逆にどうして彼らがあんなにも喜怒哀楽を剝き出しにできるのかわからなかった。母親が亡くなったときも泣かなかった。いつも一緒にいた人間がいなくなることの寂しさは感じたものの、それが悲しみと呼べるものなのかどうか、はっきりとしなかった。

昨年幸浩が心筋梗塞《しんきんこうそく》で倒れ、あっけなくこの世を去ったときも、同じだった。すでに会社の経営はほとんど彼が担《にな》っていたので、困ることもあまりなかった。正式な遺言書もあったので遺産整理も滞《とどこお》りなく済み、いつもと変わらない日常を取り戻すことに時間はかからなかった。

このまましばらく親子三人の平穏な暮らしが続く。そう思っていた。つい一週間前までは。

翔太が、死んだ。

十歳になったばかりだった。まだ小学生で早生まれのせいか同級生の中でも小柄で、物静かな子だった。集団で何かをするよりは、ひとりで静かに遊ぶことを好んだ。一番好きだったのは絵を描くことだった。スケッチブックだけでなくチラシの裏などにも描いていた。自分で想像したロボットや怪獣を好んで描いた。描きながらぶつぶつと呟いていることもあった。美咲の話によると、絵に合わせた物語を語っているらしい。このロボットは誰が作ってどんな武器を持っているか。この怪獣はどの星からやってきて何をエネルギー源にしているかなどと描きながら語り、その物語に合わせて次の絵を描く。あの子、将来は漫画家になるかも、と美咲は言った。お祖父《じい》さんの遺伝かしらね。

幸浩が若い頃漫画家を目指していたのは信治も知っていた。有名な漫画家のアシスタントの仕事もしていたという。しかし結局大成できず断念し、会社を興《おこ》した。せめて漫画に近い仕事をと印刷の会社にしたそうだが、漫画雑誌などの仕事は結局できず、主に広告などを刷っていた。そして仕事の合間に絵を描いた。漫画ではなく風景画だった。休みには山や海に出かけてスケッチを描き、それを自宅で油絵にしていた。

翔太はそんな祖父とは関係なく鉛筆やクレヨンで絵を描きはじめた。それが将来漫画に繋がるかどうか、信治にはわからなかったし、特に関心もなかった。息子に会社を継がせようという気持ちもなかった。翔太がどのように成長して大人になっていくか、ほとんど考えもしなかった。

仏壇には、まだ新しい幸浩の位牌《いはい》と、それよりも新しい翔太の位牌が並んでいた。線香の煙が揺らぎながら立ちのぼっていく。信治は鈴《りん》を鳴らし、手を合わせた。

「あなた」

背後から声をかけられた。振り向くと美咲が立っている。髪を整え化粧をし、外出着を身に着けている。どこに行こうとしているのか、わかった。

「警察に行ってきます」

乾いた声で言った。

「ああ」

信治は妻から視線を逸らした。あの日以来、美咲の瞳から光は消えている。

美咲が家を出た後、信治も外出した。まだ昼前だが、梅雨《つゆ》に入る前の陽差しは強くなりはじめていた。庭木に水をやっていた隣家の奥さんが彼を認めて遠慮がちに会釈する。信治も少し頭を下げ、歩きだした。

当てはなかった。ただ体を動かしていたくて歩いた。細い路地を通り、あまり行き来して来なかった道に入る。額と首筋に汗が滲《にじ》む。意識的に息を吸い、吐く。そして歩いた。

くすんだブロック塀に囲まれた小道を抜け出し広い場所に出る。信治は思わず立ち止まった。目の前に十字路がある。コンビニとアパートと駐車場と公園に囲まれた辻だった。歩行者用信号の根元に花束が置かれていた。

不意にサイレンの音が耳を打った。思わず振り向く。救急車の姿はなかった。空耳だった。信治は額の汗を手の甲で拭《ぬぐ》った。ここに辿り着くとは思わなかった。それとも無意識に足を向けていたのか。

横断歩道の向こう側に男が立っている。この時期には暑そうなグレイストライプのスーツを着て、黒い鞄を提げていた。

信号が変わり、男は道路を渡りはじめた。信治は咄嗟《とつさ》に周囲を見回す。車の姿はない。男は横断歩道を渡り切り、信治の前に立った。背筋を伸ばし、一礼する。

男は言った。

「お久しぶりです、沢城さん」

その声を聞いて、やっと思い出した。

「ああ、吉田《よしだ》さん、でしたね？」

「はい、吉田・T・吉夫《よしお》です」

公園にひとつだけ設置されているベンチに、ふたりは腰を下ろした。

信治は隣に座る吉田に眼を向けた。以前に会ったときと同じスーツを着ている。髪形も変わらない。持っている鞄も同じだ。

「一年前でしたね」

「正確には一年と二ヶ月ぶりです」

吉田が補足した。

「その節は、お世話になりました」

黒縁《くろぶち》の眼鏡越しに、吉田も信治に視線を向ける。

「おかげさまで、滞りなく手続きを完了させることができました」

「父の遺品は、もう博物館に？」

「ええ、収蔵しております」

吉田が信治たちの前に現れたのは、幸浩の葬儀が終わった後だった。父が遺《のこ》した遺言書は特に問題を起こしそうな記述もなく、執行に支障はなかった。ただひとつを除いては。

「前にも言いましたが、父が遺品博物館への寄贈を希望していたなんて、遺書を読むまで全然知りませんでした。そもそも、そういう博物館があることさえ知らなかったし」

「ご遺族の方々は皆さん、そう仰《おつしや》います。我々の活動はそれほど喧伝されるようなことではありませんから。それでも気持ちよく協力していただけるので、私も職務を果たすことができます。沢城さんの場合も貴重な品を提供いただけて感謝しております」

「でも、本当にあれでよかったんですか。父の描いた油絵なら、他にも出来の良さそうなものがあったのに。よりによって途中描きのものなんて」

「あの作品でなくてはならなかったのですよ」

吉田は強調するように言った。

「あれこそが沢城幸浩さんの人生を語るに相応《ふさわ》しいものでした」

「そう、ですか」

それ以上、追及はしなかった。あの油絵を吉田に渡すときも疑問は抱いていたが、あえて聞かなかった。今更蒸し返してもしかたない。

「ところで、今日はどうしてこちらに？　また誰かの遺品を探しに来たんですか」

話題を変えるために信治が問いかけると、

「まさしく、そのとおりなのです」

吉田は大きく頷いた。

「ここで沢城さんにお会いできたのも、何かのご縁かもしれません。お宅に伺おうとしていたところでしたから」

「うちに？　どうして？」

尋ねる信治に、吉田は言った。

「遺品を収蔵したいのです、沢城翔太さんの」

「翔太の？　え？　どういうことですか」

信治は訊き返した。

「沢城翔太さんの遺品を博物館に収蔵したいのです」

吉田は繰り返す。

「……いや、ちょっと待ってください。どうしてですか。なんで翔太の遺品なんて欲しがってるんですか」

「今から説明いたします。昨年、沢城幸浩さんの遺品をいただきに伺ったときのことです。幸浩さんがアトリエにされていたお部屋で遺品の選定をしておりましたときに、翔太さんがいらっしゃいました」

「翔太が？　勝手に行ったんですか」

「翔太さんは私が何の目的で来たのか知りたがっていたのです。私は翔太さんにも理解できるよう、遺品博物館のことを説明いたしました。翔太さんは翔太さんなりに理解しようと頑張ってくださいました。亡くなったひとの大事なものをひとつ博物館に収める、ということはわかっていただけたようでした。そして私の選定作業をじっと見ておられました。私があの作品を選んだときも理由を尋ねられました。どうして完成した絵ではなく、未完成のものを選んだのかと。私はお答えしました。この絵は幸浩さんが亡くなる直前まで描いていたものです。たしかに完成はしていません。しかし完成していないというそのことこそが、幸浩さんの画業、ひいては人生を語るに相応しいものだと考えたのですと。正直に申し上げて、翔太さんには理解していただけなかったようでした。ただ、そのときに言われたのです。『だったら、僕が死んだときにも来て、大事なものを博物館に入れてくれる？』と」

「翔太が、そんなことを……」

「困惑いたしました。未成年の方からの依頼というのは、これまでありませんでしたから。まして や翔太さんは当時八歳でしたか。前例のないことでした。遺品博物館への寄贈を希望される方には、正式な遺言書を作成していただいて、学芸員が選定した遺品を博物館へ寄贈するということを明記していただくようにお願いしております。それがトラブルを防ぐ最も適切な方法だからです。しかし御存じかと思いますが、遺言書の有効性を認められるのは十五歳以上に限られます。翔太さんが今そうした意志がおありになったとしても、それを執行することができません。なので私は、そのことはあなたが大人になってからあらためてご相談させていただきますとお答えいたしました。しかし翔太さんは、どうしても今、その約束をしてほしいと仰いました。相当に真剣なご様子でした。その熱意に負けてしまったのです」

「翔太と、約束したのですか」

「はい。とりあえず約束をして、翔太さんが十五歳を過ぎたらあらためて遺言書を作っていただこうと考えておりました。しかしながら今回、このような痛ましいことになってしまいまして。この度は本当に、御愁傷さまでした」

吉田は腰を曲げて一礼する。

「翔太さんが亡くなったことを知り、遺品博物館では緊急の協議が行われました。そして、たとえ子供であっても学芸員が収蔵を約束したのなら、それは果たされるべきであるという結論に達しました。そこで私がここに参ったわけです」

吉田はここで言葉を切り、視線を右に向けた。先程の交差点が視界に入っている。

「ここなのですね？」

「ええ」

信治は頷く。

「この交差点で翔太は死にました」

「新聞記事は読みました。赤信号なのに飛び出してしまったとか」

「……ええ」

頷くでもなく首を振るでもなく、信治は声を洩らす。

「みんな、そう言ってます。信号は赤だった。なのに翔太は道路に飛び出して、車に撥《は》ねられたと」

「そうではないのですか」

吉田の問いかけに、信治は少し間を置いて答えた。

「……翔太は、そんな子ではない。信号が赤なのに飛び出すようなことはしない」

「それはしかし――」

「私ではなく妻が、そう言ってるんです。翔太に限って、そんなことは絶対にしないと」

信治は交差点を見つめたまま、言った。

「たしかに妻は翔太に、しつこいくらい注意していました。道路を渡るときには信号をよく確かめるように、信号のないところでは周囲をよく見て車が来ないことが確認できてから渡るようにと。だから翔太が飛び出すなんてことはあり得ない。そう妻は言っています」

「しかし警察では翔太さんが信号を無視して飛び出したと断定したわけですね。先程『みんなそう言っている』と仰いましたが、奥様は事故の目撃者がいるということを御存じないのですか」

「いいえ、知っています。翔太を撥ねた車の運転手だけでなく、現場に居合わせた翔太の同級生三人、それと同じく交差点で信号待ちをしていた通行人ふたりが、揃って証言していることも。全員が翔太は赤信号なのに飛び出したと、はっきり言っている」

「それだけの証人がいるのに、奥様は翔太さんに過失がないと考えていらっしゃるのですか」

「はい。妻は証人たちが口裏を合わせて翔太が悪かったことにしていると言っています」

「そう考える根拠はあるのですか」

「いいえ。でも妻は、そう信じているんですよ。今も警察に調べ直してくれと陳情に行っています。もう何度も断られたのに、やめようとしない。警察も妻のことは、ほとほと手を焼いているようです。私のところに警察署から連絡がありました。何度来られても受け付けられない、ご主人からも言い聞かせてくれと」

「あなたは、どうお考えなのですか」

吉田の問いに、信治は笑みを浮かべる。

「子供の頃、私も親から道路を渡るときには周囲をよく見て車が来ていないかどうか確かめて渡れと言い聞かされていました。しつこいくらいにね。でも八歳のときでした。道路の反対側に友達がいて、声をかけられました。私は友達のところへ行こうと、何も考えずに道路に飛び出しました。そこへ車が突っ込んできた。間一髪、車は急ブレーキをかけて停まってくれました。おかげで撥ねられずに済んだ。でもそのときのタイヤが悲鳴をあげる音と急停車した車に乗っていた男のびっくりした顔は、ありありと覚えています。子供って、本当に何も考えずに行動するものなんですよ」

「翔太さんも、そのようにして事故に遭われたと？」

「そう思っています。理由はわからない。でも翔太は言いつけを忘れて道路に飛び出した。それだけのことです。しかし妻は、それを認めようとしない。翔太は悪くない、誰かのせいで死んだ。そう信じている」

「なぜ奥様は、そんなにも頑《かたく》なに翔太さんに非がないと思われているのでしょうか」

「わかりません。妻は私の言うことなんか全然聞こうとしない。理屈が通じないんです。今はもう、好きなようにさせておくしかないんですよ」

　ふっ、と息をつく。

「ところで吉田さん、翔太は何を博物館に寄贈しようとしたのか、聞いているんですか」

「はい、伺いました。傘です」

「傘……」

「透明な、ビニールの傘だと仰っていました。御存じですか」

「いや」

　咄嗟にそう言ってから、信治は言葉を継ぎ足した。

「でもそれって、コンビニでも売ってる安物じゃないですか。どうしてそんなものを博物館に収めようだなんて思ったんでしょうか」

「翔太さんは、その傘がとても大事だからと仰っていました。私が伺ったのは、それだけです。今でもありますでしょうか」

「……もう、なかったと思います」

信治は答えた。

「事故が起きる前に、妻が新しい傘を買い与えていました」

「そうですか。それは残念です」

吉田はそう言ってベンチから立ち上がった。

「できれば翔太さんの御遺志に応えたかったのですが」

吉田は一礼すると、歩き去っていった。信治はその後ろ姿に声をかけようとして、やめた。


美咲は帰ってきても、何も言わなかった。最初の頃は警察から戻ってくるたびに対応の冷淡さを誹《そし》り、翔太に何の落ち度もないことをくどくどとまくしたてていたが、それもしなくなった。ただ黙って仏壇に手を合わせ、寝室に引き籠《こ》もる。そんな状況が続いていた。

信治は仕事を続けていた。美咲が担当していた経理の仕事は若い社員に任せ、今まで以上に仕事に没頭した。小さな印刷会社の経営は慢性的に苦しく、一時《いっとき》も気を抜けなかった。そのことが逆に、信治には救いだった。翔太のことも美咲のことも忘れられる時間を持つことができたからだ。

しかし家に戻ると否が応でも現実に向き合わされた。息子はいない。下駄箱の小さなスニーカー、食器棚の茶碗、壁に貼られた学校からの連絡表と、家のここかしこに痕跡が残っているのに、翔太の存在だけが欠けている。その欠落は、もう永久に埋められることはない。

信治は冷蔵庫から缶チューハイを取り出し、喉に流し込んだ。ダイニングの椅子に腰掛け、残りをちびちびと飲みながら、テレビのバラエティ番組をぼんやりと眺める。缶が空になると、もう一本取り出して飲む。酒量が増えていることは自覚していた。

美咲が姿を見せた。部屋着に着替えているが、化粧は落としていない。赤すぎる唇が、暗く冷たい瞳とはアンバランスに見えた。

美咲はコップに水道の水を入れて飲み、

「冷蔵庫に刺身が買ってあるから」

と夫の顔を見ずに言うと、ダイニングを出ていった。信治は何も言わず、チューハイを飲みつづけた。

次の日も、また次の日も、同じようなことが続いた。美咲は毎日警察に通い、望むような応答を得られないまま帰ってきた。家ではほぼ無言で過ごし、信治とはほとんど一緒にはいなかった。

信治は次第に家にいる時間を短くするようにしていった。遅くまで会社に残り、外食をしてから家に戻り、入浴の後すぐに寝床に入った。隣のベッドにいる妻には、何も話しかけなかった。

破局は程なく訪れるだろう、とわかっていた。わかっていながら信治は何もしなかった。どうしていいのかわからなかったからだ。

それはしかし、彼の予想とは少し違った形で訪れた。会社で仕事をしている最中に電話が入った。警察からだった。

美咲が逮捕されたのだ。


美咲の応対をしていたのは、警察署の相談窓口にいる女性警官だった。最初のうちは彼女の要望を聞き入れ、担当者に取り次いでいたが、そのうち門前払いをするように指示が下された。美咲が繰り返し無理なことを要望するばかりなので、署員が避けるようになったのだ。

もう取り次げないと女性警官が言うと、美咲は彼女に向かって翔太の「無実」をくどくどと話しだした。

「ほとほと困りましたよ」

信治の応対をした署員が言った。

「奥さん、何を言っても聞こうとしないんです。ただ息子は悪くない、誰かがあの子を陥れようとしていると、ただそればっかり繰り返されましてね。正直、業務にも支障を来《きた》してました。それで、うちの永山《ながやま》――奥さんと対応していた署員ですが――が言ったんですよ。もう二度とこの件で来ないでくれ、これ以上あなたの対応はできかねます、と。そしたら奥さんが、持っていたバッグで永山の横っ面《つら》をばーんって」

署員は自分の手を大きく振ってみせた。

「大勢の人間が見てる前でですよ。金具で眼の横を切られて、永山は大出血ですわ。こうなったらもう逮捕せざるを得んでしょう。わかりますよね？」

「はい」

信治は頷いた。

「それで、妻はどうなりますか」

「警察内で傷害事件を起こした以上、悪いけど留置場に泊まってもらうことになります。取り調べもします。その上で送検するかどうか決めることになるでしょう。まあ、奥さんの事情もわかってますから、あまり大事《おおごと》にはしたくないんです。そこでご主人にお願いなんですが、もうこの件で警察に迷惑をかけないようにしてもらえませんかね。奥さんが何と言ったところで、息子さんが信号無視で道路に飛び出して事故に遭ったことは明白なんです。これはもう動かしようのない事実なんですよ。そのことを奥さんにもよくよく理解してもらえるよう、ご主人からも説得してもらえませんか。約束してもらえるなら、奥さんの処分にも考慮する余地が出てきますから」

署員の申し出を、信治は受け入れた。もう二度と妻が警察の手を煩《わずら》わせることがないよう説得すると約束した。そう言わざるを得なかった。

翌日、美咲は戻ってきた。やはり暗く冷たい眼のまま、何も言おうとしなかった。信治はダイニングで妻と向き合った。しばらく考えた後に、言った。

「どうしたいんだ？」

美咲は視線を下に向けたまま、答えなかった。

「俺にはわからない。君がどうしたいのか、何を望んでいるのか、わからないんだ。事故が翔太のせいで起きたんじゃないことになればいいのか。でもそれは無理だ。翔太が赤信号なのに飛び出したんだ。そのことを認めなきゃならないんだよ」

「……認めたら、どうなるの？」

美咲が言った。

「あの子が悪かったって認めたら、あの子は帰ってくるの？」

「そんなこと、あるわけないだろう。誰が悪かろうと、死んだ人間はもう生き返らない。当たり前じゃないか」

「当たり前？　翔太が死んで当たり前なの？」

「誰もそんなことは言ってないだろ。言いがかりはやめてくれ」

「言いがかりなんかじゃない」

美咲は顔を上げた。冷たい眼が信治を見据える。

「あなたは、翔太が死んでも何も感じてない。悲しんでもいない。死んで当然だと思ってる」

「冗談じゃない。俺が悲しんでないなんて、どうしてそんなことを言えるんだ。それとも何か、君みたいに支離滅裂なことを喚《わめ》き散らして警察に怒鳴り込むようなことをしなければ悲しんでいることにならないのか。君は自分がどれだけ理屈に合わないことを言っているか自覚しているのか」

「理屈なんかどうだっていいの。どうだっていいのよ！」

ダイニングのテーブルを叩き、美咲は泣き伏した。その姿を信治は、ただ見ていることしかできなかった。


次の日曜日、訪問者があった。

「これ、返しに来ました」

斎藤俊《さいとうしゅん》という名の小学生が玄関先でおずおずと差し出してきたのは、一冊の絵本だった。

「前に沢城君に借りたままだったから。お母さんが返してこいって」

『そらとぶきんぎょ』というタイトルだった。雲の浮かぶ青空に真っ赤な金魚が浮かんでいる絵が表紙になっていた。信治にも馴染《なじ》みのある本だった。

「これ、翔太はいつ君に貸したの？」

「えっと……同じクラスになったばっかりのとき。ぼくも同じ傘がほしかったから、この本を借りたんです」

「傘？　どういうこと？」

「傘にね、金魚の絵を描くんです。そうすると金魚が飛ぶんだって」

俊の言っていることは、よくわからなかった。

「ぼくの絵、沢城君のおじいちゃんみたいにうまくないけど。でも沢城君、うまいってほめてくれて。ぼくも沢城君のおじいちゃんみたいに絵がうまくなりたいんです」

「君は、絵を描くのが好きなのか」

俊は頷く。

「沢城君がおじいちゃんの絵を見せてくれて、面白いなあって。あんなふうに描いてみたい。沢城君、いつも傘を持ってて、雨が降らなくても持ってて、金魚を空に泳がせてたんです」

「金魚を空に？　どういうこと？」

「傘と、ペットボトル。水を入れてお日様に当てるんです」

やはり意味不明だった。もっとよく訊こうとしたとき、家の奥から美咲が出てきた。子供を見つめる視線が鋭かった。俊の表情が強張《こわば》った。

「さよなら」

そう言って逃げるように玄関から飛び出していった。

「何を話してたの？」

美咲が詰問《きつもん》するように尋ねてくる。

「翔太が貸していた本を返しに来たんだ」

差し出した絵本を、美咲は乱暴にひったくった。

「やっぱり何か隠してる」

美咲は玄関を飛び出そうとする。その腕を信治が摑んだ。

「おい待て、何をする気だ？」

「話を聞くの。あそこで何があったのか」

「待て。あの子が何か知ってるって言うのか」

「知ってるかどうか訊くのよ」

「やめろ。また問題になる」

「何を言ってるの。本当のことを知らなきゃ」

美咲は夫の手を振りほどこうとする。しかし信治は離さなかった。

「これ以上トラブルを起こすな。今度は子供への傷害罪で訴えられるぞ」

「そんなことかまわない。わたしは本当のことを――」

「いい加減にしろ！」

腕を思いきり引っ張った。美咲は玄関の三和土《たたき》に尻餅を突く。

「本当のことなら、もうわかってるだろ。君はそれを認めたくないだけだ」

美咲は座り込んだまま信治を睨みつけた。信治は玄関に落ちた絵本を拾い上げ、何も言わずに自分の部屋に戻った。

椅子に腰を下ろし、絵本を開く。水槽で飼われていた金魚が広い空に飛び出して泳ぎ回るという内容のものだった。絵も物語も、よく知っている。知っているが興味はなかった。彼は子供の頃から、この手の絵本をどう楽しんだらいいのかわからなかった。何が面白いのか理解できなかったのだ。信治はただ、絵本の最後のページに描かれた青空の中を飛ぶ金魚の絵を、ずっと見つめていた。

やがて絵本を閉じると、机の抽斗《ひきだし》から名刺ホルダーを取り出し、その中の一枚を抜き出した。

「お電話をありがとうございます」

吉田は以前と同じ服装で現れた。信治が経営する印刷会社の応接室で、ふたりは相対している。

「決断していただけましたか」

「決断？」

「翔太さんの遺品を寄贈いただく決断です」

信治は答える代わりに、ソファの下に置いていたものを手に取り、吉田の前に差し出した。

「私がこれを持っていることを、知っていたんですか。なぜ？」

「先日お会いした際のあなたのご様子から推察しておりました。私がこの品のことを尋ねましたとき、あなたの返答には若干の躊躇《ためら》いがありましたから」

「探偵みたいですね」

信治は苦笑する。

「燃えないゴミの収集日に、これが家の前に置かれているのを見つけました」

「なぜ拾われたのですか」

「なぜでしょうね。たぶん……羨ましかったのかもしれない」

「羨ましい……拝見してもよろしいですか」

「どうぞ」

吉田は一礼し、信治の手からそれを受け取った。

子供用のビニール傘だった。どこにでも売っている、低価格のものだ。吉田は傘を開こうとした。

「骨が何本か折れてます。無理矢理開こうとするとさらに壊れるかもしれない」

「承知しました」

吉田はそっと傘を広げる。

「……なるほど、これは見事だ」

ビニールの透明な幕が彼の視界を覆う。その一部に鮮やかな赤が躍っていた。油性ペンで描かれた金魚の絵だった。

「これは、沢城幸浩さんが描かれたものですね？」

「ええ、父がまだ生きているとき、翔太のために描いたものです」

尾鰭《おびれ》と胸鰭《むなびれ》を広げ、金魚は跳ねるように身を翻していた。

「私には、こんなものを描いてはくれなかった。だから羨ましかった、のかもしれません」

それが本心かどうか、信治自身にもわからなかった。

「手慣れた描きかたですね」

「当然でしょう」

信治は吉田の前に絵本を置き、ページを開いた。

「おや、そっくりだ。この絵本を真似て描かれたのですか」

「この絵本の作者は、父が漫画家を目指していた頃にアシスタントをしていた漫画家です。父はこの本を何冊も持っていました。この漫画家の他の作品はほとんど何も持っていなかったのに」

「この絵本の制作に沢城幸浩さんも携わっていた、ということでしょうか」

「でしょうね。それだけ思い入れのある作品だったのかも。もしかしたら父が代作をしたのかもしれません。だってその絵、よく似すぎてますから」

「それをお孫さんの傘に描かれたわけですね。なるほど、だから翔太さんは、この傘を遺品博物館に寄贈したいと考えたのですね」

「どういうことですか」

「私が幸浩さんの遺品として未完成の絵を選んだことを、翔太さんは承服できなかった。お祖父さんならちゃんと絵を描いたものがあるのに、と。それでこの傘を寄贈しようと考えたのです。これこそが翔太さんにとって、お祖父さんの最高傑作だったのでしょう」

「これは翔太の遺品ではなく、父の遺品の補完ということですか」

「いえ、ここには翔太さんの遺志が宿っています。充分に翔太さんの遺品としての価値はありますよ。この金魚を空に泳がせていたのですから」

「泳がせる?」

吉田の言葉に信治は思わず反応した。

「それ、この絵本を翔太から借りてた子供も言ってました。金魚を空に泳がせるって。どういう意味ですか」

「御存じないのですね。わかりました。説明いたしましょう。でもその前に、これを何とかしないと」

吉田は骨の折れたビニール傘を翳《かざ》した。

「このあたりにホームセンター、ありましたかね？」

「ええ」

「じゃあそこで傘の修理材を手に入れましょう。なに、この程度なら簡単に直せます。申しわけありませんが、連れていっていただけませんか」

「……ええ」

信治は頷くしかなかった。


雲が晴れ、陽差しが強く照りつけていた。ホームセンターの駐車場に車を停め、信治は店の外で待っていた。陽を遮るものがなく、自身の影がアスファルトの地面にくっきりと印《しる》されていた。店内の能天気なBGMが洩れ聞こえている。

以前、ここに翔太を連れてきたことを思い出す。クリスマスの飾りを買いに来たのだった。サンタクロースやトナカイのオーナメントをたくさん買い込んだ。今年はクリスマスが来ても、美咲があれらを飾ることはないだろう。

妻の警察通いは止まった。そのかわり家に閉じ籠もったまま出ようとはしなくなった。食事もカップラーメンなどで済ませ、信治の分は作らなかった。今はしかたなく外食かコンビニで買って食べている。

額に汗が滲むのを感じながら、信治は佇《たたず》んでいた。世界がこの瞬間に滅んでくれたら楽なのに。

ホームセンターの自動ドアが開き、レジ袋を提げた吉田が出てきた。

「おまたせしました。始めましょうか」

車からビニール傘を取り出すと、レジ袋から取り出した修理部品を折れた骨に宛てがい、同じく袋から取り出したペンチで挟み、固定した。意外なくらい手際がよかった。

「自分の傘で何度かやっているんですよ」

吉田は説明する。

「気に入ったものは手直ししてでもとことん使いたい性格でしてね。貧乏性かもしれませんが。さて、これで直りました」

折れていた骨すべてを修理し、傘を開いた。ビニールに一匹の赤い金魚が躍っている。

「翔太さんは、この傘がずいぶんとお気に入りだったようですね。雨の日だけでなく、今日のように晴れた日でも持って歩いていたそうです」

「そんなこと、どうして知っているんですか」

「小学校の同級生や先生方に伺いました。近所の方々にも」

吉田は何でもないことのように言った。

「翔太さんは傘の他に、これも持って歩いていたそうです」

レジ袋から取り出したのは、ミネラルウォーターのペットボトルだった。

「そんなもので、何をしてたんですか」

信治の問いに、吉田は笑みを浮かべて答える。

「金魚を空に泳がせていたんですよ。ここでやってみましょう」

吉田は開いた傘を上下逆さまにした。そしてペットボトルのキャップを外し、傘の中に水を注ぎ込んだ。

「ご覧なさい」

水を入れた傘を両手で掲げた。下から見上げると、陽差しを受けた水がきらきらと光を放つ。その光の中で、赤い金魚も揺れた。光を浴びて空に泳いでいるように見える。

——傘とね、ペットボトル。水を入れてお日様に当てるの。

俊という子供が言っていたことを思い出した。

「こうやって翔太さんは、金魚を空に泳がせていたのですよ。きっと幸浩さんに教えてもらったのでしょう」

信治は金魚を見つめた。水に反射した光がひどく眩《まぶ》しかったが、見つめつづけた。

「『そらとぶきんぎょ』はお読みになってましたね。金魚はなぜ空を飛びたいと願ったのでしょうか」

吉田の問いかけに、信治はしばらく考えてから、

「たしか本の中では『せまいすいそうをでてじゆうにおよいでみたい』と書いてありましたが」

「そう。自由に泳ぎたいからです。でも、こうも書いてありました。『せまいすいそうがきらいなわけではありませんでした。ここにはおとうさんもおかあさんもいる。とてもやすらかなばしょです』と。翔太さんも同じ気持ちだったのかもしれません。狭くて安らかな場所から広くて未知の世界へ泳ぎだしてみたかった。この傘は、そんな彼の気持ちを形にすることができたのかも」

「翔太が、家を出たがっていたと？」

「そこまではっきりとした意志を持っていたかどうかはわかりません。でもそういう願望が芽生えていたかもしれませんね——おっと」

傘を支えていた吉田の腕がバランスを崩しかけて揺れた。水が跳ねて信治の頬にかかる。

「こんな柔《やわ》な造りでは、水の重みでも結構な負担になるようです。壊れてしまうのも当然でしょう」

吉田は傘の中の水を地面に空けた。アスファルトに黒い染みが広がった。

「だから翔太は傘を駄目にしたのか」

吉田が傘を畳むのを見ながら、信治は呟く。

「それで妻が、新しい傘を買ってきた」

「新品の傘は翔太さんのお気に召さなかったようですね」

「新しい傘が気に入らなかったのではありません。翔太が怒ったのは、妻が壊れた傘を捨ててしまったからです」

どうして捨てちゃったの、と母親を詰《なじ》る翔太の顔を、信治は思い出す。美咲はあっさりと「壊れちゃった傘なんていらないでしょ」と言っていた。

「以前に持っていた傘を、翔太がどこかで忘れてきてしまった。それでしかたなく、コンビニでこのビニール傘を買ったんです。翔太は最初、この傘を嫌がっていた。ただの安物でしたからね。なので父が金魚の絵を描いたんです」

「恐らく、そのとき幸浩さんにこの傘の使いかたを教えられたのでしょうね。こうすれば傘の金魚が泳ぎだすよと。そして傘は、翔太さんにとって宝物となった」

「妻は、その経緯を知らなかった。翔太がこの傘をどれほど大事に思っていたか、知らなかったんです」

信治が言うと、

「それは、どうでしょうかね」

吉田は異を唱える。

「翔太さんが晴れの日も傘を持ち歩いていたことは近所でも評判になっていたようです。奥様が御存じなかったとは思えません。だからこそ、奥様は傘を捨ててしまった」

「どうしてですか」

「雨でもないのに傘を持っているなんて外聞《がいぶん》が悪いと思われたのでしょう。もしかしたら翔太さんとの間で悶着《もんちゃく》があったのかもしれません。しかし翔太さんは言うことを聞かなかった。なので奥様は強行手段に出たのですよ。もしかしたら……」

吉田は言いかけた言葉を呑み込む。

「何ですか」

「いや、傘を壊したのは奥様かも、と思ったのですが、それは考えすぎかもしれません」

「いや、美咲ならあり得ると思います。翔太が赤ん坊の頃から、自分が思っているように育っていかないと苛立って不安になっていましたから。翔太が道路に飛び出した理由について拘《こだわ》っているのも、同じ理由かもしれない。自分が躾《しつ》けたとおりにしないで死んでしまったことに納得ができないんですよ」

「なるほど。しかし沢城さん、理由はそれだけではないかもしれません」

「というと？　何か知ってるんですか」

「ええ、翔太さんの事故当時の様子について少し調べてみたのですが」

吉田はペットボトルに残っていた水を一口飲んで、

「もう一度、あの交差点に行ってみませんか」


歩行者用信号が点滅する。子供が早足で道路を渡る。やがて信号は赤になり、交差する道路を車が走り出す。

「あの日、翔太さんはここに立っていました」

歩道に立ち、吉田は言った。

「翔太さんの隣には近所のお年寄りが、そして道路の反対側には同級生が三人と主婦がひとり立っていました。信号は赤でした」

今、歩道に立っているのは信治と吉田のふたりだけだった。

「翔太さんと並んでいたかた——高居《たかい》さんと仰るのですが——に話を聞きました。翔太さんは最初、大人《おとな》しく信号待ちをしていたそうです。が突然、『あ』と声をあげて道路に飛び出した。車がすぐ近くまで来ているのに気付く様子もなかったそうです。なぜ翔太さんは飛び出したのか」

美咲が一番拘っていることだ。なぜ翔太は飛び出したのか。

「『あ』と叫んだのは、何かに気が付いたからではないでしょうか。あるいは何かを見つけた。翔太さんの視線の先には、三人の同級生がいました。私は彼らにも話を聞きました。そのときの翔太さんは、脇目もふらずに自分たちに向かって走ってくるように見えたそうです。そう、翔太さんの目標は彼らでした。でも、彼らは翔太さんを呼んだり声をかけたりはしていなかったと言っています。彼らと一緒に信号待ちをしていた村田《むらた》という主婦にも尋ねましたが、どうやら嘘ではないようです。では、翔太さんはなぜ彼らに向かって走り出したのか。私は当時の彼らの服装や所持品について尋ねました。すると彼らの中のひとり、御田山《みたやま》という女の子が傘を持っていたことを知りました」

「傘……」

「学校に忘れていたので持って帰るところだったそうです。その傘を見せてもらいました。ビニール傘でした。赤いリンゴのイラストが描かれていました。おわかりでしょうか」

「赤い色の付いたビニール傘……」

「傘は閉じているから、何が描かれているかまではわかりません。でも赤い色ははっきりとわかったでしょう。それを見て翔太さんは、とっさに自分の傘だと思ったのではないでしょうか。それで矢も楯《たて》もたまらず道路に飛び出してしまった」

目の前を車が通りすぎる。そのエンジン音が信治の鼓膜を打った。

「翔太は、傘のせいで……」

「じつは、私より先に彼らに話を聞いていたひとがいます」

「……美咲ですか」

「ええ。あのとき何があったのか尋ねられたそうです。そして同じことを話した。傘のことも」

「傘のせいで翔太は道路に飛び出した。自分が捨ててしまった傘のせいで。美咲はそのことも知っているんですね。でも、だったらなぜ？」

「だからこそ、なのかもしれません」

そう言われた瞬間、腑《ふ》に落ちた。

「自分のせいで翔太が死んだことを認めたくなくて、美咲は他に理由を見つけようとしたんですね」

「奥様は、ただ眼を背《そむ》けたいのですよ。なぜ翔太さんが亡くなったのか、おわかりでしょうから」

信治は家に籠もっている妻のことを思った。

「いつまでも逃げてはいられないのに。これからどうするつもりなんだ、あいつは」

「それは、あなた次第ではないでしょうか」

吉田は言った。

「奥様を現実に引き戻すのは、あなたの仕事ですよ」

「私の……でも、どうしたらいいのかわからない。あなたにはわかりますか」

「わかりません」

吉田は首を振る。

「あなたにしか、わからないことですから」

「でも、どうしたらいいのかわからない……」

堂々巡りだ、と信治は思った。自分はこのまま答えのない地獄の中で生きつづけなければならないのか。

項垂《うなだ》れる信治の肩に、吉田が手を置いた。

「あなたには、できることがあります。それを始めてはいかがでしょうか」

「できることって……」

「奥様と、いえ、人間と、真正面から向き合ってみることです。あなたはいつもご自分を枠の外に置いてきた。傍観者でいようとした。だから当事者として、他のひとの言葉を聞いてみてください」

「そんなことで、何かが変わるなんて……」

「思えませんか。しかしそれこそあなたがやってこなかったことです。なのにやっても何も変わらないと断言するのは、いかがなものでしょうね。やってみなければわかりませんよ」

信号が青に変わった。

「翔太さんだって、金魚を空に泳がせることができたじゃないですか。では」

吉田は一礼して信号を渡っていった。その後ろ姿を見送りながら、信治は煌《きら》めく水と、その中に泳ぐ赤い金魚の姿を思い出していた。

時を戻す魔法

女王は寂しかったので、自《みずか》らを塔に幽閉した。

その塔は国道を外れ針葉樹《しんようじゅ》の森を縫うように走る県道を過ぎた奥にあった。

最初から彼女のために建てられたものではない。この国の景気が歪《いびつ》な風船のように膨らみ、誰もが金勘定こそ人生最高の醍醐味《だいごみ》だと信じていた頃、根拠の乏《とぼ》しい商機に乗じた連中が山を切り開き、滞在型のリゾート施設を作った。〝森の中に佇《たたず》む夢幻の城〟というのが当時のキャッチフレーズだった。イタリアの古い城を模したという建物はヨーロッパから取り寄せた石を積み上げた外壁と高く聳《そび》えた塔が売りだった。近隣に他の建物がなく、森の合間から覗く分には確かに欧風の古城に見えないこともない。しかしいかに取り繕《つくろ》おうともイミテーションでしかないことは明らかで、「贅《ぜい》を尽くしたおもてなし」と胸を張られた接客も、旅館の仲居がメイド服を着せられたような違和感を覚えるばかりで洗練されたものとは程遠く、物好きな客がひととおりやってきて幻滅して帰った後は、あっさりと客足は途絶えた。程なく膨らみきった風船が破裂して国中の浮かれた気分に冷水《ひやみず》が浴びせられると、この施設のことはさして多くもない人々の記憶からも忘れ去られた。どうしてこんな建物をわざわざ山奥に作り出す気になったのか、誰がそれを容認したのか、この施設を建設したリゾート会社が倒産してしまった今となっては答えられる者はいない。

それがにわかに人々の話題となったのは、この忘れられた建物を女王が買い取り、隠遁《いんとん》の場所と定めたからだった。

女王……その名を内園七海《うちぞのななみ》という。十七歳で銀幕デビューを果たした彼女は、二十歳ですでにスタアの名声をほしいままにした。二十三歳でハリウッドに進出し、その美貌は世界を魅了した。特に日米仏で共同制作された「オリエンタル・クイーン」で主役を演じたことがきっかけとなり、彼女は国の内外で女王《クイーン》と称されることとなった。その後も精力的に映画に出演しつづけ、世界で最も知られている日本人のひとりとして話題にのぼった。

そんな彼女が突如引退を発表したのは、三十三歳のときだった。折しも彼女についてとある醜聞《しゅうぶん》が流布《るふ》していた時期でもあり、世間では様々な憶測が流れた。しかし女王は引退の理由を一切明かすことなく古城もどきの建物に身をひそめ、周囲との接触を完全に絶った。近隣の住民——といっても集落があるところまででもかなりの距離があるのだが——でさえ、彼女の姿を見かけることはなかった。物資の補給は使用人が行い、本人はまったく姿を現さなかったからだ。隠遁した女王の姿をカメラに捉えようと芸能ジャーナリストや熱心なファンがやってくることもあったが、陰鬱《いんうつ》な石の塔を撮影するのがせいぜいで、遂に彼女の姿を見ることはできなかった。

建物は「女王の城」と呼ばれるようになり、内園七海はその塔の一番高い階にひとりきりで暮らしていると噂された。一種神秘的なその動向をときおり思い出したように雑誌やテレビが取り上げることもあったが、気ぜわしい時代の流れはそんな女王さえも押し流し、いつしか彼女のことも、その塔のことも人々の口の端《は》にのぼらなくなった。

樫木《かしき》久孝《ひさたか》がその塔を訪れたのは女王が住み着いてから五十一年後のことだった。

彼を乗せたマイバッハはうねるような隘路《あいろ》を走り、女王の城の前に停まった。東京の邸宅を出て二時間半経っていた。最高の座り心地を誇るシートを備えているとはいえ、齢《よわい》八十四の樫木には苦行に近い旅だった。

運転手に手助けされながら車を降りた樫木は、杖で我が身を支えながら塔を見上げた。陽が翳《かげ》り、全体が黒いシルエットへと変貌しつつある城の北側、尖塔《せんとう》に夕陽が灯《とも》を点すように輝きを添えている。蠟燭《ろうそく》のようだな、と彼は思った。女王に捧げられた最後の炎だ。

樫木が佇んでいる間に運転手は重々しい鉄の門の前に立ち、門柱に設置された呼び鈴《りん》のボタンを押した。程なく城の扉が開き、ひとりの男性がこちらに向かって歩いてきた。体にぴたりと合った三つ揃えのスーツを着ている。男性は門を開くと一礼した。

「お待ち申し上げておりました。遠路はるばるありがとうございます」

「君が平塚《ひらつか》君か」

樫木の問いかけに男性は頷く。

「平塚大祐《だいすけ》です。お呼びだてして申しわけありません」

四十歳代後半くらいの年齢だろうか。上背があり肩幅も広い。姿勢もしっかりしていて、ぶれを感じなかった。髪をきっちりと整え、髭もきれいに剃っている。目鼻立ちは涼やかで気品が感じられた。

似ている、と樫木は思った。

「七海さんの甥御《おいご》さん、だったか」

「父が内園七海の弟です。今はここの管理を任されています。どうぞお入りください」

樫木は運転手を従え、平塚の先導で門をくぐった。城の玄関まで真っ直ぐに石畳が伸び、その両脇は前庭になっていた。手入れされた芝生のところどころに低木が何本か葉を繁《しげ》らせ、その合間から紅色の花を覗かせている。

「西洋の城に椿《つばき》か」

樫木が皮肉を籠《こ》めて言うと、

「伯母が植えさせたそうです。好きな花だったとかで」

歩きながら平塚が答えた。

やはり映画のセットめいた大きな扉を開き、彼は樫木を中に招き入れる。広いエントランスは薄暗く、外よりも肌寒く感じられた。

運転手は別室に通され、樫木が案内されたのは一階にある部屋だった。応接室として作られたようで、革張りのソファとガラスのテーブルが置かれている。ただどちらも年代物で、ソファの革は擦り切れかけていた。それに腰を下ろし、樫木は平塚を見上げた。

「ここは君ひとりで管理しているのか。だとしたら大変だな」

「もうひとり、手伝ってくれている者がおります。他の使用人には暇を取らせました。たったふたりで元総理をお迎えするのは申しわけないことですが、お許しください」

「気にしなくていい。とうの昔に政界を引退した身だ。しかし、なぜだ？」

「なぜ、と申しますと？」

「なぜここで葬儀をする？　葬祭場なり寺なり教会なりでやらんのか」

「それが伯母の遺言でしたので」

平塚が言った。

「自分が死んだら、遺体は裏庭の墓所に納めてくれと」

「裏庭に？　犬の死骸ではないぞ。勝手に人間の遺体を埋められるものではないはずだ。そもそも火葬場はどうする？」

「法律上、必ずしも火葬でなければならないというわけでもないんです。故人の遺志により火葬にはしません。それにここに埋葬することも法律に則《のっと》り県知事の許可を受けています」

「許可だと？　誰がそんなことを？」

「伯母です。生前にすべて準備していました」

平塚の返答に樫木は一瞬言葉を失う。

「……そこまでして、ここを離れたくないのか。なぜだ？」

「わかりません。私はただ、伯母の遺言どおりに執行するだけです。樫木様にお出《い》でいただいたのも、そのためです」

「私を参列させろと彼女が言ったのか」

「はい、そう言い残しました。今しばらくお待ちください。程なくもうお一方いらっしゃいますので」

「私以外にも誰か来るのか。そんな話、聞いておらんぞ」

「申しわけありません。決して樫木様を煩《わずら》わせるような方ではありませんから。伯母の遺品を引き取りにいらっしゃるのです」

「遺品?」

樫木が問い返したとき、屋敷内に重い鐘の音《ね》が鳴り響いた。

「噂をすれば影。いらっしゃったようです。しばらくお待ちください」

平塚が一礼し部屋を出ていく。樫木はソファに座り直し、不機嫌に鼻を鳴らした。

すぐにまたドアが開く。しかし入ってきたのは平塚ではなく、三十歳前後の女性だった。

喪服のような黒いドレスを着ていた。髪をアップにし首回りに真珠のネックレスをかけている。その顔を見て、樫木は息を呑んだ。

「七海……?」

女性は一礼して彼の前に立ち、銀のトレイに載せたマイセンのティーカップを置き、それにポットの茶を注いだ。

「今でも温かいアールグレイがお好みでしたらよいのですが」

「……あ、ああ。今でも好みだ。しかし君は――」

「七海さんから言われたんです。樫木様がここにいらしたら、好みのものをお出しするようにと」

そう言って女性は微笑《ほほえ》む。その表情が樫木をまた混乱させる。

「君は……誰だ？」

「失礼いたしました。櫛田志保《くしだしほ》と申します。七海さんの遠縁の者です。平塚さんと一緒にこのお屋敷の管理をしております」

「櫛田……七海ではないのか」

樫木が質《ただ》すと、志保と名乗った女性はくすりと笑い、

「わたし、そんなに七海さんに似てますかしら。大女優と間違えられるのは光栄ですけど」

そう言うと彼女は一礼して部屋を出ていった。残された樫木は志保が消えたドアを見つめていた。

そのドアが程なくまた開いた。平塚がひとりの男性を連れて戻ってきた。

「樫木様、ご紹介します。こちら、遺品博物館の学芸員で吉田《よしだ》さんと仰《おつしや》います。吉田さん、こちらが元内閣総理大臣の樫木久孝様です」

「はじめまして。吉田・T・吉夫《よしお》と申します。お会いできて光栄です」

男性は深々と頭を下げた。小柄で痩せていて、どうにも貧相に見える。白髪《しらが》はないが、若くもないようだった。黒縁《くろぶち》の眼鏡も着ているスーツもそれほど高価なものではない、と樫木は値

踏みした。

「樫木です。遺品博物館というと、いろいろな遺品を集めているという、あれかね?」

「御存じでしたか」

驚いたように言ったのは、平塚だった。

「私は伯母の遺言で初めて知ったのですが、そういう博物館があるのですね」

「由緒のある施設だと聞いている。たしか総理経験者の遺品も収蔵されているはずだ」

「はい、八名様ほど」

吉田が答えると、

「そんな方々のものまで集められているんですか」

平塚はただ感心する。

「いや、失礼ながら正直なところ私は……」

「胡散《うさん》臭いと思われましたか」

吉田が言葉を継ぐ。

「無理もありません。名の通った博物館とは申せませんし、収蔵品が特殊なものですから。遺族の方から価値のある品を奪おうとする不逞《ふてい》の輩《やから》と看做《みな》されることも少なくありません」

「私は、別にそんな……」

平塚は口籠もった。その様子を見て樫木は笑みを浮かべる。

「つまり七海さんも遺品博物館に何か寄贈するつもりだったのだな」

「はい、内園さんからお申し出がありましたので」

「それで、彼女は何を寄贈すると？」

樫木の問いに、吉田は首を振る。

「いいえ、選定するのは内園さんではありません。私の仕事です。生前、内園さんには聞き取り調査をいたしました。その上で今日、収蔵品を決めます」

「どうやって決める？」

「詳しい選定基準については申し上げられませんが、私どもが重視するのは物語です。その品がどのような物語を持ち、故人の生涯を語る上でどれほどの意味を持つかについて検討いたします」

「物語か……」

樫木はソファの肘掛けを指先で叩きながら、

「それで私をわざわざ呼び出したのか。私と七海の関係を詮索するために」

「それは――」

「違います。でも、違いません」

平塚の言葉を遮るように、吉田が言った。

「私の都合で樫木さんをお呼びしたのではありません。しかしながら、もしよろしければお話を伺うことができたらと思います。遺品選定のために」

「私の話が聞きたい？　もう半世紀以上も昔のスキャンダルだぞ。それにそのことなら三文週刊誌の類《たぐい》がいやというほど書き散らしたはずだ。国会図書館にでも出向いて調べてみるといい」

「それは既に調べております」

吉田は言った。

「その上で、当事者の方のお話を伺いたいのです」

「当事者、か。片方はもういないがな。七海さんには訊いていないのか」

「もちろん伺いました」

「ならば私の話など聞かずともよかろう」

「いえ、櫟木さんのお話が大事なのです。物語を深く知るために」

吉田の視線が櫟木をまっすぐに捉えていた。櫟木もその視線を受け止め、それから言った。

「あまり長居はできん。手短に済ませよう。まずは、七海さんに会わせてくれ」


この建物は単なるリゾート施設としてだけではなく、結婚式場としても使われるように作られていた。中央に大広間があり、参列者用の長椅子の列と向かい合うように、祭壇とステンドグラスの窓と十字架が設《しつら》えられている。もちろんここで葬式をすることは想定されていなかっただろう。そこに置かれているのは、この広間に迎え入れられた最初の棺《ひつぎ》だった。

艶やかな黒塗りの棺は蓋が閉じられていて、その上に赤い椿の花が置かれていた。

棺の傍らには櫛田志保が立っている。三人が入ってくるのを見て、一礼した。その姿を見て櫟木は、心がまた揺れるのを感じた。

「なかなか荘厳な空間ですね」

あたりを見回しながら、吉田が言った。

「内園七海さんの葬儀の場所として、まことに相応《ふさわ》しいように見えますが、しかしながら内園さんは無宗教と伺っております」

「そのとおりです。だから神父も牧師もここにはいません」

平塚が答えた。

「葬儀には私たち四人だけが参列します。その後、棺の安置もいたします」

「私もか。この老体に棺を担がせるつもりか」

樫木が異議を唱えると、

「ご安心ください。墓所までの移動は別に手筈《てはず》を整えております。樫木様は参列してくださるだけで結構です」

平塚がそう言って、志保の隣に並んだ。

「ではこれより、内園七海の葬儀を執り行います。故人の遺言により、本人のメッセージを読み上げさせていただきます」

スーツの内ポケットから白い封筒を取り出すと、中から便箋を抜き出して広げた。

「樫木久孝様、平塚大祐様、櫛田志保様、吉田・T・吉夫様。わたくしの最後に立ち会っていただきまして、ありがとうございます。特に樫木様、遠いところをお呼び立ていたしまして申し訳ございませんでした。本来ならこのような厚かましいお願いをする立場にはございませんが、今生《こんじょう》の望みをお受けくださいましたこと、心より感謝申し上げます。

この文章を認《したた》めております現在、わたくしの心臓はいつその役目を終えてもおかしくない状態にあります。今更この世に未練などありませんが、それでも自分の最期については始末を付けておきたく思います。遺言書を作成し、わたくしの財産は別紙の詳細どおり、平塚大祐様と櫛田志保様に譲り渡すこととといたしました。加えて遺品博物館にわたくしの遺品を一点選出いただき、収蔵をお願いいたしました。これがわたくしの遺志とお考えください。

末筆ながら皆様の安寧《あんねい》を心から願っております。


内園七海」


読み終えた便箋を再び封筒に収めると、平塚は樫木の前に立って一礼した。樫木は言った。

「七海の顔を、見せてくれ」

「申しわけありませんが、それはできかねます」

平塚が言った。

「伯母は死に顔を誰にも見せるなと」

「私にも見せんつもりか」

「樫木様だからこそ、見せられないのです」

静かだが、断固とした口調だった。

「では、棺を安置いたします。準備をいたしますので、しばらくお待ちください」

平塚は外に通じる通路の扉を開け、出ていった。

樫木は蓋を閉じたままの棺をじっと見つめていたが、不意に志保に向かって、

「七海の遠縁だと聞いたが、本当かね？」

「はい。七海さんは母方の親戚です」

「ご両親は？」

「どちらも早くに亡くなりました。兄弟姉妹もおりません。七海さんが唯一、頼ることのできる縁者でした」

「そうか」

樫木は頷くと、今度は吉田に眼を向けた。

「吉田君、私の話を聞きたいと言ったな」

「はい、できますれば」

「わかった。話そう。志保さん、あなたも聞いてくれ」

「わたしも、ですか」

「聞いてもらいたい。二度とは話さん、私の昔話だ」

整然と並んでいる長椅子のひとつに腰を下ろすと、話しはじめた。

私の家は明治維新以来の政治家一族だ。祖父も親父も伯父も国会議員だった。私は大学卒業

後は商社に勤めたが、ゆくゆくは親父の地盤を継いで政治家になるものだと周囲の者は疑わなかったし、私自身もそういうものだと思っていた。だから三十歳で会社を辞め、親父の秘書となった。

親父は根っからの政治屋だった。大言壮語と権謀術数に長《た》けていた。それゆえ従う者も大勢いたが、心から慕われているわけではなかった。法螺《ほら》と悪巧みだけの、底の浅い人間だと思われていたんだ。事実、そうだったがね。だから功労賞代わりに大臣にはしてもらえたが、それ以上の功績は残せなかった。

普段から健康が取り柄だと自慢していた親父が急に倒れたのは、私が三十三歳のときだった。脳溢血《のういっけつ》だ。幸い命は取り留めたが右半身が動かなくなり、うまく話せなくなった。こうなってしまったら政治家としてはやっていけない。急遽《きゅうきょ》私が次回の選挙に出馬することになった。予定よりはずいぶんと早かったが、もともと覚悟はあった。親父の長所と短所を見極め、親父よりうまくやれる自信もあった。四年前に結婚していた妻は元総理の次女だ。支援も期待できた。

ところがいざ選挙準備に取りかかろうとした矢先、週刊誌が私の身辺を嗅ぎまわりはじめた。君たちもよく知っている、内園七海とのことだ。

私と七海は高校の同級生だった。ふたりとも吹奏楽部に所属して、私はホルンで彼女がトランペットを吹いていた。帰り道が同じ方向だったこともあり、次第に話をするようになった。彼女は聡明で品位があり、そして美しかった。ただ少しばかり、変わっていた。

学校帰りに近くの河原に寄ったとき、彼女は急にケースからトランペットを取り出して吹きはじめたことがある。

「樫木君もやろうよ」

そう促《うなが》され、私もホルンを吹いて合わせた。しばらくふたりきりのセッションをした後、不意に彼女は言った。

「樫木君にだけ秘密を教える。わたし、魔法を勉強しているの」

本気なのか冗談なのか、そんなことを言った。魔法とは何かと訊くと、

「世界を自分のものにする方法よ。何もかも思いどおりにできるの」

世界を自分のものにして、どうするんだと尋ねると、

「さあ、どうしようかな。自分のものにしてから考えるわ。とにかく、魔法を手に入れるためにいろんなことをしてみるつもり」

などと言った。私はからかわれているんだと思った。それでも七海と話していると自分の人間としての格が上がっていくような気さえした。部活で会うのが楽しみで、帰り道一緒に歩きながら話したり川辺でセッションするのが更に楽しみになった。

そう、私は彼女に恋をしていた。それは認める。あの頃は世界のすべてが彼女を中心に廻っているようにさえ思えた。自分もまた彼女のまわりを廻る惑星みたいなものだった。七海は太陽だった。

彼女があの頃の私をどう思っていたのかは知らない。同じように想っていてくれたのか、それともただの同級生に過ぎなかったのか。その気持ちを確かめることもできないまま、別れが

やってきた。彼女が芸能事務所にスカウトされ、芸能界にデビューするため東京へ行くことになったからだ。

部活最後の日、彼女はみんなに軽く挨拶をして部室を出ていった。呆気ないほど簡単な別れだった。私に特別な言葉もなかった。そのとき思った。彼女にとってこれも魔法を手に入れるための手段なのだと。そのために七海はすべてを捨てて女優になる道を選んだのだ。私もまた彼女に捨てられる故郷のあれこれのひとつに過ぎなかった。

その後の七海のキャリアは知ってのとおりだ。あっと言う間にスターダムに登りつめ、世界の第一線で活躍する女優になった。その活躍は眩《まばゆ》いばかりだった。

だからこそ、私は奮起した。いつか彼女と再会することがあっても気後《きおく》れすることのないような人間になってやると心に誓ったんだ。だから懸命に勉強して一流の大学に入り一流の会社に就職して、その上でゆくゆくは父の跡を継ごうと考えた。ただの議員では駄目だ。七海と並ぶに相応しい地位とは、国のトップ以外にない。そのためだったら何でもやる。その覚悟で私は精進した。政略結婚も厭《いと》わなかった。そうして何もかも成し遂げたとき、首相官邸に内閣七海を招くつもりでいた。

しかし私たちは予期しない形で再会することになった。あの台風のせいだ。暴風と豪雨が故郷の町を襲い、母校が泥の中に沈んでしまった。私が立候補する前、まだ親父が健在だったときのことだ。悲劇ではあったが、これを利用しない手はないと考えた。会社に休暇を申し出て故郷に戻ると、親父の片腕として復興の陣頭に立った。親父の人脈を最大限利用して関係省庁から金と人材を引っ張ってきた。胸を張って言えるが、親父が同じことをやったとしても私ほどうまくはできなかっただろう。親父の後援会の連中も感心していた。これなら地盤を任せても大丈夫だとな。あの台風のおかげで私の支持基盤はがっちりと固まったんだ。

そんなとき、七海が地元の復興のために協力したいと言っているという話が届いた。私はすぐに彼女を中心としたイベントを組んだ。県下の劇場を使おうという案もあったが、私はそれを蹴って、七海をあえて泥に埋もれたままの母校に立たせることにした。

その日、数年ぶりに母校の前に立った七海は、その惨状を見て言葉をなくし、涙を流した。そして故郷が元の姿を取り戻すまで力を尽くしたいと語り、復興の陣頭指揮を取っていた私を元クラスメイトとして紹介した。その一部始終をテレビカメラが全国へ映し出した。宣伝効果は万全だった。

しかし私は、そのとき自分の将来への布石がどうとかなんて、まるで頭になかった。久しぶりに再会した七海にすっかり心を奪われていたからだ。彼女はますます美しくなっていた。スクリーンやテレビ画面で見るのとは比べ物にならない美しさだ。神々しいと言ってもよかった。私は彼女を前にして、内心の動揺を表に出さないように堪《こら》えるのが精一杯だった。七海と並ぶのは、まだ早すぎた。まだ自分は何者でもない。到底彼女に釣り合う存在ではなかった。

そんな私の気持ちを知ってか知らずか、七海はつい昨日別れたばかりの学友のような気軽さで声をかけてきた。

「樫木君、久しぶり」

私は努めて何気ない口調で答えたと思う。

「久しぶり。変わらないな。歳を取らないみたいだ」

するとと彼女は微笑んで答えた。

「魔法を覚えたもの」

「世界を自分のものにする魔法？　何もかも思いどおりにできるってやつか」

「まだそこまではできてない。でも自分の年齢くらいは自由にできるわよ」

「そういえばこの前の映画じゃ十代の学生から六十歳の老婦人まで演じていたな。さすが役者だ」

「あれくらい、何でもないわ。魔女だもの」

「女王じゃなくて、魔女か。そっちのほうが似合ってるな」

そうやって話していると、高校時代と変わらないようだった。その晩、七海を主賓《しゅひん》とした歓迎会がホテルで行われたときも、私たちはずっと話していた。学生のように、とりとめもなく。その後、ふたりきりでバーに行き、話の続きをした。素晴らしい時間だった。彼女は相変わらず魅力的で、しかも洗練されていた。私はあのとき、結婚したことを悔やんだ。いや、七海とどうにかなるなんて思ってもいなかった。いやいや、心の片隅ではそう思っていたかもしれん。どちらでもいい。私はこの時間がずっと続いてくれたらと願わずにいられなかった。

断言する。それだけだ。バーでふたりきりで語らい、別れた。週刊誌が掲載したのは、そのときの私たちを隠し撮りしたものだが、記事に書かれていたようなことは一切なかった。彼女の部屋でふたりきりになったことは絶対にない。私は彼女と別れ、ひとりで夜の街を歩いていた。今日のことを反芻《はんすう》し、そして忘れるために。これからの自分の人生のためには、忘れなければならないと思った。

数年後、私が選挙に出馬すると決まったとたん、その夜のことがマスコミに流れた。私たちが不倫関係にあると写真付きで報じられたんだ。まるでこのときを待っていたかのようだった。画策したのが対立候補の陣営なのは明らかだった。報道陣に囲まれ真相を尋ねられた。彼らが求めている「真相」をな。いくら否定しても彼らは私を追いかけつづけた。マスコミだけじゃない。女房も、女房の父親も私を疑い、問い詰めた。どんなに弁明しても心から信じてはもらえなかった。ほとほと困惑した。

しかしそんなとき、さらに驚くべき出来事が起きた。七海が突然芸能界からの引退を発表したんだ。一時はマスコミ攻勢がさらに熾烈《しれつ》になった。彼女が引退するのは私と再婚するからではないかという憶測が流れたからだ。しかし七海がこの施設を買い取り隠遁するようになると、今度は私との不倫に疲れて塔に逃げ込んだのではないかと言われるようになった。それもこれも、彼女が引退の理由を一切明かさなかったからだ。おかげで私の初陣《ういじん》は大いに苦労させられた。あちこちで揶揄《やゆ》や非難を浴びながらの選挙戦だった。文字どおり首の皮一枚で命を繋ぎ、ぎりぎりで当選した。

以後、私は死ぬ気で働いた。毒沼のような政治の世界を泳ぎ抜き、多くの競争者を蹴り落として駆け上がった。そして遂に総理大臣の椅子を手に入れた。

総理になってから一度、私は七海に連絡を取ろうとしたことがある。あらためてふたりで表に出ることで世間の誤解を解いておこうと思ったからだ。しかし彼女からの返答はなかった。まあ、当然かもしれない。引退の原因となった私と顔を合わせる気にはなれなかったのだろう。私と内園七海の不倫疑惑はうやむやのまま、ゴシップの墓場に埋葬された。ときおり思い出したように誰かが掘り起こして騒ぎ立てることもあったがな。

これが、私たちの顚末《てんまつ》だ。


語り終えると樫木は、吉田と志保に言った。

「七海の死を知らされたとき、自分の人生の最後のページを捲《めく》られたような気がした。政界を離れ、女房にも先立たれ、私も七海と同じように独り暮らしをしている。先も短いだろう。七海が先立ち、私が見送る。そうなるべくして、なったのかもしれん」

平塚が戻ってきた。喪服を着た六人の男性を従えている。彼らは棺を取り囲むと、一斉に持ち上げた。

「この方たちは？」

樫木が問うと、平塚が答える。

「墓所に運ぶまでの協力者です。最後のお別れには立ち会いません。後ろについてきていただけますか」

棺を先頭に四人の男女は広間を出て裏庭に出る。

「樫木様、先程のお話ですけど、ひとつだけ妙なことを仰いましたね」

整えられた芝生の上を歩きながら、志保が言った。

「妙なこと？　何だ？」

「七海さんが樫木様の呼びかけに応じなかったのは、引退の原因となった樫木様と顔を合わせる気にはなれなかったからだと。それはつまり、七海さんの引退はご自分のせいだとお考えということですか」

「そうだ。他に考えられるか。七海は私との不倫を疑われ、それで嫌気が差して芸能界から身を退《ひ》いたんだ」

「なるほど、そうお思いなのですね」

「違うというのか」

樫木が問いかけると、志保は不可思議な笑みを浮かべた。

「樫木君、あなたって昔から自信家だったわね。根拠のない自信に満ちてた」

「な……」

樫木の表情が変わる。

「今、何と――」

問い直そうとしたとき、棺が立ち止まった。

裏庭の一画に石造りの小さな建物があった。教会のような意匠で高さは三メートルほどだった。

平塚がその建物正面の観音扉を開くと、男たちが抱えてきた棺をその中にある台座に載せた。

「ここが墓所ですか」

吉田が訊くと、

「ええ、伯母が生前に建てさせたものです」

平塚が答える。

棺を安置すると、男たちは一礼し、去っていく。残ったのは四人だけだった。

「では、最後のお別れをいたしましょう」

四人は墓所の中に入り棺を取り囲んだ。

「内園七海はここで永久の眠りにつきます。ここまでお付き合いいただいた皆様に感謝いたします。ありがとうございました」

そして棺に手を当て、囁《ささや》くように言った。

「伯母様、安らかにお眠りください」

志保も棺に手を添える。そして吉田も。

樫木の手は、動かなかった。代わりに言った。

「待て」

「何でしょうか」

「棺を開けてくれ」

「それは先程も申し上げましたが、できません」

「開けてくれ。確かめたいんだ」

樫木は繰り返す。

「何を確かめるのですか」

「この中に、本当に七海がいるかどうかだ」

一瞬の沈黙の後、平塚は言った。

「それは、どういう意味でしょうか。伯母の遺体がこの中に納められていないとでも？」

「ああ、そうかもしれん」

「失礼ですが樫木様、ここになければ、遺体はどこにあるというのですか」

「遺体などない」

樫木は言った。

「七海は死んでなどおらん。生きている」

そして彼は、棺を挟んで向かい合っている女性に向かって言った。

「君が七海だ」

「わたしが、ですか」

志保は冷静な表情で応じた。

「ああ、さっき君は私に言ったな。私が根拠のない自信に満ちていると。それは七海がいつも私に言っていた言葉だ。何度もそう言われた。他に私のことをそう評した人間はいない。七海だけだ」

「だからわたしが七海さんだと？　樫木様、それはさすがに無理があると思います。七海さんは何歳だとお思いですか」

「私と同い年だ」

「でしたら、ご自分の仰っていることが間違っているとおわかりでしょう。それとも、わたしが八十歳過ぎに見えますかしら？」

「見えない。だから君が七海なんだ。君は魔法を使った」

「魔法？」

「最後に会ったとき、七海は言った。『自分の年齢くらいは自由にできる』と。あのときはただメイクなどで若作りをしたり年寄りのように見せかけたりすることだと思っていた。だが違う。君は本当に年齢を自由にできるようになった。だから歳を取らなくなったんだ」

　その言葉を聞いて、志保は笑いだす。

「何を仰るかと思えば。歳を取らない魔法？　そんなものがあるとお思いなのですか」

「信じられんことだが、そう考えると君が隠遁生活を始めてからずっと人前に出なかった理由もわかる。マスコミは自分の老いた姿を見られたくないからだと書いていたが、逆だ。君は若いままの自分の姿を見られないよう、姿を隠していた。違うか」

「樫木様、それはいくらなんでも突飛すぎます」

　平塚が口を挟む。

「伯母は亡くなりました。遺体はこの棺の中にあります」

「ならば見せてみろ。私の言っていることが妄想だと証明してみせろ」

樫木に詰め寄られ、平塚はたじろぐ。

「それは……」

「さあ、開けるんだ」

「……わかりました」

平塚の手が再び棺にかかる。躊躇《ためら》いながら蓋の端を握り、引き上げようとした。

「待って」

それを止めたのは志保だった。

「樫木様、もし仮にわたしが内園七海だったとしたら、どうして今になって葬儀などしたと思います？」

「それはおそらく、私のためだ。君は私に会うためにこんな茶番を用意したんだ。だから身内の平塚君の他には私しか参列させなかった」

「吉田さんもいらっしゃいますけど」

「彼は私にこれが本当の葬儀だと信じ込ませるためのエキストラだ。本当に遺品博物館の人間かどうかも怪しい」

その言葉に吉田は居心地が悪そうな顔付きで肩を揺らした。樫木はかまわずに言った。

「何がしたい？　私に何を望むんだ、七海」

「望み、ですか」

口許に悪戯っぽい笑みを浮かべ、志保は彼を見つめる。

「そうですわね、あなたにお願いしたいことといえばひとつ、それはあなたの母校の存続です」

「母校？」

「あなたと内園七海の母校です。来年廃校が決まっているとか」

「ああ、そのようだな。人口減少で生徒数も減った。いたしかたのないことだ」

「それは違います。廃校にはあなたの地盤を引き継いで国会議員となったあなたの甥、樫木当《とう》麻《ま》氏が絡んでいます」

「当麻が？　どういうことだ？」

「廃校後の校舎には東京のあるＩＴ企業がオフィスを移転させるそうですね。御存じでしょうか、当麻氏はその企業から相当額の献金を受けています」

「それがどうした？　その程度なら違法でも何でも――」

「企業が校舎とその土地の利用料として支払うことになっている金額と実際に県が受け取る金額の間に少なくない齟齬《そご》が生じています」

志保の指摘に樫木はすぐに反応した。

「当麻が裏金を懐に入れようとしていると？」

「当麻氏が県に廃校を促した文書もあります」

「まさか……あいつも、当麻もあの高校の出身だぞ」

「でも母校への思いは薄いようですね。いえ、むしろ憎んでいるのかも。当麻氏が高校時代にいじめを受けていたのは御存じですか」

「それは妹から聞いたが……」

「いじめた張本人はもとより、しっかりとした対応を取ってくれなかった学校そのものへの不満を感じていたと。今回の廃校、当麻氏の個人的感情も一因となっているかもしれません」

「どうして……どうしてそんなことも知っているのだ？」

当惑する樫木に、志保は微笑みながら、

「教えてくれたひとがいるんです。証拠となる文書もあります。これを公表したら、当麻氏だけでなく由緒ある樫木家に汚名を残すことになりますよ」

「…………」

「なにより、あなたの思い出がつまった母校が彼の手で消えてしまうことになります。あなたとわたしの思い出が」

「七海……」

「樫木様、あなたにならそれを止められます。あなたにはまだ力がある。甥御さんの暴挙を止められる力が。そうですわね」

「……わかった」

樫木は頷いた。

「私が、なんとかする。あの学校をそんなことで潰してなるものか」

「ありがとうございます。お礼の言葉もございません」

志保が深く頭を下げた。

「そうと決まれば、こんな茶番は終わりだ。すぐにも戻って当麻を呼び出す」

樫木はそう言って、墓所から外に出た。平塚も吉田も志保も、彼に従う。

「平塚君、私の運転手に伝えてくれ。すぐに帰ると」

「承知いたしました」

平塚が一足先に城へ戻っていくのを見送りながら、樫木は言った。

「七海、君とはまたいずれ、ゆっくりと話そう。今度は君が東京に来てくれ」

「わたしは、ここを離れません。そう決めておりますの」

「そうだったな。いたしかたない。私のほうからここを訪れるしかないのか。車の旅は年寄りにはきつい。そうだ、私にも若返りの魔法を教えてくれ。そうしたら昔の姿で君に会いに来る」

「残念ながら、時を戻すことは誰にもできません。わたしも若返ったりはできないのです。でも、時間を止めるお呪《まじな》いなら」

志保は樫木の手を取り、染みと血管の浮き出た甲に軽く口づけた。

「末永く、お元気で」

樫木の乗る車を見送ると、三人は応接室に戻った。

「あらためてお紅茶、いかがですか」

平塚の提案に志保も吉田も頷いた。

「面白いものを見せていただきました」

平塚が出ていった後、吉田が言う。

「政界の魔物と称された樫木久孝さんが、本当にあなたのことを内園七海さんだと思い込むとは」

志保は応じた。

「ひとは自分が信じたいものを信じる。そういうことなのでしょうね」

「わたし、一度だって自分が内園七海だとは言いませんでした。ただ樫木さんがそう思っただけ」

「詐欺師《さぎし》の常套句だ。それも海千山千《うみせんやません》の」

「人聞きの悪いことを言わないでください、吉田さん。わたしは詐欺なんてしたことないです。一介のジャーナリスト」

「内園七海さんに接触したのも、取材の一環ですか」

「樫木当麻の疑惑について追っているうちに、あの廃校問題にぶち当たったんです。彼があの学校をＩＴ企業に売ることで利益を得ようとしているのは間違いないことでした」

「でも、証拠がない」

「樫木さんに大見得《おおみえ》を切った『証拠となる文書』なんて、本当はどこにもありません。どうしても決定的証拠が手に入らなかったんです。それでわたし、あの学校の卒業生の中で影響力のありそうなひとに取材しようと思いました。そこから何か見つからないかと思って。その中のひとりが、内園七海さんでした」

「すべての人間と接触を絶っていた内園さんが、よくあなたに会いましたね」

「手紙を書きました。わたしが知っている事実を全部書き記して、わたしのことを信じてもらうために履歴書や今まで書いた記事のコピーも添えました。正直、会ってもらえるとは思いませんでした。向こうから連絡が来たときにはびっくりしました」

志保は笑う。

「ここに呼ばれて会ったとき、七海さんはもう死の床にありました。でも意識ははっきりしていた。わたしの話もちゃんと聞いてくれました。そして言ってくれたんです。

『あなたの役には立てない。この事実を公《おおやけ》にする手助けもできない。でも、樫木当麻の計画を頓挫《とんざ》させることはできる』

そして考えてくれたんです。今回の計画を」

「樫木久孝氏を巻き込んで当麻氏の廃校計画を止めさせるというものですね」

「ええ。でもどうやってって訊いたら、七海さんは微笑みながら言ったんです。

『気付いてる？　少しメイクを変えたら、あなたはわたしの若い頃にそっくりよ』って」

「なるほど。しかし何と言うか……無謀な計画でしたね」

「わたしも最初はそう思いました。いえ、今日の今日までそう思ってました。でも七海さんは自信がありそうでした。

『樫木君がここまで来てくれたら、計画は半分以上成功しているわ。本当ならわたしが直接彼に話したいところだけど、もうその時間もないわね。だからあなたに託すの。大丈夫、樫木君なら乗ってくれる。根拠のない自信家ほど騙しやすいものはないわ。政治の世界で騙し騙されしてきた彼だからこそ、こういう奇想天外な嘘には弱いものよ』

実際、そのとおりでしたね」

「たしかにね」

吉田は感心したように頷くと、

「そうだ、ちょっと失礼いたします」

そう言って応接室を出ていく。入れ替わりに平塚が紅茶の用意をして戻ってきた。

「今度はダージリン。アールグレイはじつは苦手なので」

「かまいません。わたしは紅茶なら出涸《でが》らしのティーバッグでも文句言いませんから」

湯気の立つカップを手にすると、志保はゆっくりと紅茶を一口啜《すす》り、

「平塚さんは、どう思ってたんですか。この計画」

「面白いと思いましたよ。伯母の考えそうなことだと」

「そうなんですか」

「茶目っ気のあるひとでしたからね。私が世話をしている間もずっと、あんな空想まじりの取り留めのない話をしてくれました。だからあなたに今回の計画を授けたときも、同じことだと思いました」

「空想まじりの計画だと？　じゃあ成功するとは思ってなかったんですか」

「正直に言って、そのとおり」

平塚は笑った。

「どこかで樫木さんが嘘に気付いて怒りだしたら土下座して謝る覚悟をしていました。そうならなくてよかったですが」

「あらら」

志保も笑う。平塚は紅茶に砂糖を落としながら、

「でもよかった。伯母が愛していた高校を守ることができて。伯母が私に一番たくさん話してくれたのが、高校での出来事だったんです。校舎の様子とか授業のこととか吹奏楽部での練習のこととか」

「映画スタア時代のことよりも、ですか」

「逆に女優時代のことはあまり話さなかった。良い思い出ではなかったのかもしれません」

「前から不思議に思ってたんですけど、七海さんはなぜ急に引退してここに引き籠もってしまったんでしょうか」

「そのことは伯母も話してくれませんでした。でも一緒にいるうちに、なんとなくですがわかったことがあります。スカウトされて芸能界にデビューしてからの伯母の生活は、ジェットコースターみたいなものだった。自分の意志で乗ったものの、あまりのスピードと遠心力に振り回されて、息もできなくなっていた。まわりにいた人間も信じられなかった。大勢の人間に囲まれながら、絶望的なほどに孤独だったんです。だから降りたんです」

「降りた」

「前に一言だけ、伯母が洩らしたことがあります。『芸能界には偽《いつわ》りの魔法しかなかった』と」

「魔法……樫木さんが言っていた魔法のことでしょうか」

「かもしれません。多分、望むものを手に入れられないことがわかって、身も心も限界を超えたんでしょう。それで芸能界から降りて身を潜めた。でもね、ずっとここで暗く惨めに生きてきたわけじゃないですよ。むしろ楽しんでいました。伯母は基本的にインドア派だった。外に出なくても一向気にならなかったみたいです。ネットが普及する前から通販を利用していたそうですし、衛星放送もインターネットも逸早《いちはや》く導入してました。テレビゲームもしていたくらいだし」

「内園七海がテレビゲーム……ちょっと想像つかないけど」

「子供の頃、伯母から電話が掛かってきて『このゲームのここから先に進めないけどどうしたらいい？』と訊かれました。その頃から私は伯母の手助けをしてたんですよ。そこから先に行くには特別な魔法を手に入れないと駄目だよって」

そう言ってから思い出したように、

「そうだ、あの時を止めるお呪い、あれは本物ですか」

「試してみます？」

志保は平塚の手を取った。

「気休めくらいにはなるかもしれません。あのときは、ああでもしないと場が収まらない気がしたので、咄嗟《とっさ》にやってしまいましたけど」

「でもあなたが手にキスした瞬間、樫木さんがちょっと若返ったみたいな気がしたけど」

「まさか。時を止めることはできても戻すことは——」

「できますよ」

その声に平塚と志保は振り向く。吉田が戻ってきていた。手に黒いケースを提げている。

「それが、博物館に収める遺品ですか」

平塚の問いかけに彼は頷く。

「今回の計画を傍《はた》で拝見していて確信しました。内園さんの人生は、その女優生活で語るべきではないと。むしろそれ以前、学生時代にこそ内園さんの物語はある」

吉田は黒いケースをテーブルに置き、開いた。

「よく手入れされていますね」

「元気なうちはよく吹いてましたから。心臓を悪くして吹けなくなった後も、暇があれば磨き上げていました」

平塚はそう言いながら、吉田がケースから取り出したものに眼を向けた。志保はそれを見るのが初めてだった。

「トランペット、ですか」

「高校の吹奏楽部以来、内園さんがずっと手放さなかったものです。女優として活躍している間も、ずっと。これが内園さんの、時を戻す魔法です」

「時を……戻す……」

その言葉を繰り返しながら、志保は金色の輝きを放つ楽器を見つめた。

夏の空に向かってトランペットを吹く少女の姿が、彼女の脳裏を通りすぎていった。

大切なものは人それぞれ

吉田《よしだ》・T・吉夫《よしお》は誠実なので、自《みずか》らをペテン師と名乗った。

だが彼の話をする前に滝森成子《たきもりなるこ》のことを語っておかなければならない。

彼女を才媛《さいえん》と呼ぶことに異論を挟む者はいないだろう。滝森薬品を創業した滝森伊之助《いのすけ》の孫娘として生まれ、莫大な資産と高い教養を授けられた。音楽大学卒業後はピアノの勉強のためにウィーンに留学したが、勉学の最中に絵画の魅力に目覚めると今度は住まいをモンマルトルに移し、絵の勉強に励んだ。帰国後は多くの作品を発表し、高い評価を得た。彼女の絵画は親しみやすく、カレンダーなどに採用されることが多かったので、日本の多くの家庭で壁に掛けられることとなった。こうして彼女自身も決して少なくない財産を築き上げてきたのだった。

また成子は篤志家《とくし》としても著名だった。世界各地を廻って戦争や災害、飢饉《ききん》によって苦しめられている人々に寄り添い、自身の資産を投じていくつかの慈善事業を興した。それらの事業は彼女の手を離れても自律的に運営されるよう、組織作りと資産運営を徹底して構築された。その点で成子も祖父や父の経営手腕を引き継いでいたと言えるだろう。

プライベートでは三十歳のときにフランス人男性と結婚し、ふたりで日本に移り住んだ。夫のシャルルはバイオリニストで、チャリティーコンサートではバイオリンとピアノの共演を披露することもあった。夫婦仲の良さは有名で、シャルルが五十五歳という若さで他界したときは成子は三年間喪に服したという。

そしてもうひとつ、滝森成子の名前を聞いて人々が思い出すものがある。猫だ。

無類の猫好きだった彼女は絵のモチーフに猫を選ぶことも多く、猫の絵だけを展示した展覧会がたびたび開催されるほどだった。もちろん自身も猫を飼っていた。多頭飼いはせず、慈善家らしく動物愛護センターの譲渡会で譲り受けてきた一匹だけと一緒に暮らした。その溺愛ぶりはつとに有名で、海外に旅行に出ても日本に置いてきた猫が恋しくなるとすべての予定をキャンセルして帰国してしまうほどだった。三毛猫のマール、黒猫のフェスタ、さび猫のホランドと、彼女の傍にはいつも猫がいた。

八十六歳で成子が他界したとき、彼女が飼っていたのはココという三歳の虎縞猫だった。後にココは世界でもっとも有名な猫となった。成子の死後に開封された遺言書によって、十億円の遺産が譲られることがわかったからだ。

ここで説明しておかなければならない。飼っている動物に遺産を相続させることは日本の法律上できないことになっている。ニュースなどで巷間《こうかん》に撒き散らされた「十億の遺産を相続した猫」というキャッチフレーズは、その意味では不正確だ。

法律上無理でもペットに財産を遺《のこ》したいと願う飼い主のためには、負担付遺贈という方法がある。遺産を受け取る者、すなわち受遺者に対して義務――この場合はペットをその死まで正しく飼育すること——を課し、その義務が履行されることを条件として財産を承継させるというものだ。ただこの場合、遺産を受け取った者が間違いなくペットの面倒をみてくれるかどうかの保証がない。もちろん遺言執行人を指定しておき、受遺者が正しくペットの世話をしていなければ催告させ、それでも実行しなければ遺言を取り消すことは可能だ。しかし受遺者が遺産を全部使い切った後でペットの世話を放棄されたら元も子もない。つまり負担付遺贈でペットに遺産を「相続」させるには、間違いなくペットの世話をしてくれると信頼できる相手が必要なのだ。

成子の場合、信用できる相手は親族ではなかった。その人物はちょうど今、ベッドに横たわる成子の遺体と向き合うように椅子に座り、膝の上のココを撫でていた。

「畠中《はたなか》さん」

声をかけられ、彼女が振り向く。声をかけてきたのは成子の娘の田端美由紀《たばたみゆき》だった。

「お茶の用意がしてありますから、ご一緒しませんか」

少しばかり他人行儀な口調だったが、彼女——畠中智代《ともよ》は柔らかく微笑《ほほえ》んで頷く。

「ありがとうございます。伺います」

膝の上のココを抱き上げると、

「あなたはもう少し、ここで〝お母さん〟と一緒にいてあげてね」

と言い、目の前のベッドに置いた。ココは白いシーツの上で伸びをすると、これまでずっとそうしていたようにベッドに横たわる成子に寄り添う。

成子は生前好きだった菫《すみれ》色のワンピースを着せられていた。白髪《しらが》もきちんと整えられ、薄化粧も施《ほどこ》されている。胸の前で組んだ指の爪にも桜色のマニキュアが塗られ、左手の薬指には大きな宝石で飾られた指輪が光っている。ただ表情は穏やかだったものの頬の筋肉は弛緩し、あきらかに生者のそれとは異なっていた。

成子の寝室を出ると美由紀は持っていた鍵をドアの鍵穴に入れようとして、ふと動きを止めた。

「……大丈夫かしら?」

「何かご心配事でも?」

「いえ、ほら、猫が母さんを齧《かじ》ったりしないかしらって。前にそんな話を聞いたことがあったから」

美由紀は顔をかすかにしかめる。智代は微笑んで、

「心配はご無用です。ココはさっき、お腹いっぱいフードを食べてくれました。孤独死した飼い主と何日も部屋に閉じ込められて飢えてしまった猫とは違いますから」

「はあ……」

納得したようなしていないような曖昧な表情を浮かべ、やっと美由紀はドアに鍵を掛けた。

一階の客間には成子の親族が揃っていた。滝森家の長男の秀一《しゅういち》と妻の萌子《もえこ》、娘の綾花《あやか》と彩香《さやか》姉妹、美由紀の夫の田端義弘《よしひろ》と息子の鷹雄《たかお》に妻の香月《かづき》。そしてもうひとり、先程智代が顔合わせをしたときにはいなかった男性がひとり、テーブルの前に座っている。

空いている席に座ると、智代は皆に一礼した。

「滝森さん、きれいでした。まるで生きているみたいで」

彼女がそう言うと、

「生きてるわけないじゃん」

すかさず彩香が混ぜ返す。

「どう見たって死人でしょ、あれ」

「あれ、なんて言うものじゃないわよ。お祖母様《ばあ》に向かって」

萠子が窘《たしな》めると、彩香はつまらなそうに横を向いた。

使用人がそれぞれの前に煎茶を注いだ茶碗を置いた。智代は一礼して茶碗を手に取り、一口啜《すす》って、ほっと息をついた。

「美味《おい》しいお茶ですこと」

誰も応じない。硬い空気だけが座を包んでいた。

沈黙を破ったのは綾花だった。

「畠中さん、お祖母ちゃんとはカルチャーセンターで知り合ったと言ってましたよね？」

「ええ。中央カルチャーセンターの『羊毛フェルトで愛犬・愛猫を作ろう』という講座でご一緒したのが始まりです。隣の席で羊毛を針でちくちく刺しているうちにお話しするようになりまして。お互いに猫好きだとわかって話が弾んで」

「そのときはお祖母ちゃんが滝森薬品の滝森成子だって知ってたんですか」

「いいえ。お互い今は独り身で猫好きということくらいしか。ご主人が会社を経営されていたとは聞きましたけど」

「それで滝森薬品だと気付いた？」

「そこまで頭が回りませんでした」

「ほんとに？　滝森って名前で会社の社長って言ったら、そう思いませんか」

綾花はしつこく食い下がる。

「何が言いたいの？」

問いかけたのは美由紀だった。

「だからね、最初から大金持ちの未亡人だと知ってて近付いたのかなって」

「あわよくば何かおこぼれがいただけるかなって？」

応じるのは鷹雄だった。

「あなた、それは言いすぎ」

香月が窘めたが、

「だってそうだろ。まんまと十億もらっちゃったわけだし」

「十億？」

いささか素っ頓狂な声をあげたのは、智代が紹介されていない男性だった。

「そう。猫の世話をするかわりに十億もらえるんだってさ。すごいよね。猫の世話で十億。俺だって十億もらえたら猫の世話くらいしたのにな。どうして祖母ちゃんは俺に任せてくれなかったんだ？」

「信用されてなかったからだ」

父親の義弘が無表情を装いながら言った。

「おまえも、他のみんなもな。親族の者は誰も信用されていなかった」

「会社は任されたのに、か」

秀一が皮肉めいた笑みを浮かべる。

「まあ、母さんにとっては俺たちや会社より猫の行く末のほうが大事だったんだろうな」

「そうだ、あの猫を博物館に入れちゃったら？」

彩香が言った。

「飼ってるペットも法律上は〝物〟なんでしょ？　だったら遺品にならない？　ねえ、どう？」

問いかけられたのは智代が紹介されていない男性だった。彼は困った表情で、

「それは……どうでしょうかねえ」

と、言葉を濁《にご》す。

「やっぱり生き物は遺品にならない？」

「ならない、と思います」

「あの、博物館って？」

智代が尋ねると、

「このひと、遺品博物館のひとなんだって」

彩香が答えた。

「遺品博物館、ですか。申しわけありませんけど、どういうところなのかわたし、存じませんの」

「わたしたちだって教えてもらうまで知らなかったわよ。いろんなひとの遺品を集めて収蔵しておくところなんだって。お祖母ちゃん、自分の遺品をひとつそこに収めてもらうって遺言書に書いてたの」

「博物館だの猫だの、面倒な遺言書を書いてくれたよな」

秀一がスーツの内ポケットから煙草を取り出す。

「駄目よ」

すかさず萠子が止めた。

「いいだろ。もう母さんはいないんだ。ここで煙草を吸ったって文句を言う奴はいない」

「言うわよ、文句」

綾花が応じた。

「吸わないで。灰皿ないし」

娘に言われ、憮然とした表情で煙草を戻す。

「それで吉田さん、何を持っていくつもりだね。いくら選定は任されてるからって、あまり高いものを選ばないでくれよ。ネックレスとか指輪とか」

「そういえばお義母《かあ》さん、指輪してたな。あれ、焼き場で一緒に焼くのか」

義弘が妻に尋ねる。

「まさか。火葬場で怒られちゃうわよ。燃えないものや燃えにくいものは棺桶に入れちゃ駄目な規則なの。指輪は葬儀場に運ぶときに外すわ。それまで着けてたいって母さんが言ってたから、しかたなく着けてあげてるの」

「あの指輪、父さんが買ってくれたものだったな」

と、秀一。

「昔からずいぶんと大事にしてた。でかいダイヤが付いてるからな。きっと高かっただろう」

「そうでもないよ。あれ安物」

彩香が鼻で笑う。父親の秀一がむっとした顔で、

「どうしてわかるんだ？」

と尋ねると、

「だって確かめたもん、さっき」

「確かめるって？」

「息をね、ふぅって吹きかけるだけで簡単にわかるよ。本物のダイヤは熱伝導率が高いから、息を吹きかけて曇らせてもすぐに曇りが消えるの。でもあの指輪は消えなかった。多分あれ、キュービックジルコニアね」

「それも宝石なのか」

「人工石よ。値段はダイヤの五百分の一以下。玩具《おもちゃ》みたいなものだわ」

「なんだ、安物じゃない。だったら博物館にでも持っててもらったら？　ねえ吉田さん？

あれでもいいですよね？」

「それはもちろん――」

「いや駄目だ」

秀一が声をあげた。

「安物だろうが何だろうが、あれは父さんが母さんに贈った大事なものだ。あれはやれん。もしもあの指輪を持っていこうとするなら、訴訟を起こしてでも阻止する。いいですな？」

「はあ……考慮いたします」

秀一に睨みつけられ、吉田は頷く。

「それにしても彩香、さすがは宝石デザイナーだな。鑑定眼ってやつがあるんだ」

鷹雄が茶化すように言った。彩香は面白くなさそうに鼻を鳴らした。

「お祖父《じい》ちゃん、あんな紛《まが》い物でお祖母ちゃんを騙してたんだね。まあ、あれをダイヤだと信じてたお祖母ちゃんの見る眼もなかったってことだけど」

「彩香、あなたお祖母ちゃん子だったくせに、やけに辛辣《しんらつ》ね」

姉の綾花に皮肉を言われると、

「だってお祖母ちゃん、わたしには何も遺してくれなかったじゃない」

と文句を言う。

「何もって、あなただって遺産もらうことになったじゃないの」

「あれっぽっち、遺産なんて言えないわよ。お祖母ちゃんの総資産、いくらだか知ってるでしょ。それに比べたらわたしの貰い分なんて鼠《ねずみ》の糞《ふん》みたいなものよ」

「彩香、口が過ぎるわよ」

母親の蒴子に諭《さと》され、彩香は口を尖らせたまま黙り込んだ。

「ところで卓也《たくや》はどうした？」

秀一が蒴子に尋ねる。

「もうすぐ来ますよ。締め切りの原稿を終わらせてから来るって」

「流行作家気取りね、叔父さん」

綾花が笑う。

「たいして売れてないのに」

「そんなことないでしょ。この前だって雑誌に小説が載ってたし」

蒴子が母親らしく擁護すると、

「この前って半年前でしょ。本だって一年以上出てないし。叔父さんの書いてるミステリって時代に乗り遅れてるのよ」

「そうそう」

彩香も姉の言葉に乗った。

「その半年前に雑誌に載ってた小説、読んだけどさ、密室トリックがひどいの。今どき針と糸を使ってるんだもの。よくあんなので載せてもらえたもんだって、そっちのほうに感心しちゃうわ」

「あ、でも卓也さんの小説、結構面白いですよ」

それまで黙っていた香月が口を開いた。

「デビュー作の、何でしたっけ……そう、『月影の殺人』、あれ、面白かったです。わたしあんまり小説とか読まないですけど、ちゃんと最後まで読めましたし」

「最後まで読めたって、それあんまり褒《ほ》め言葉じゃないなあ」

彩香が笑った。

「わたしも叔父さんの本、最後まで読んでるけどさ、読んだ後すっかり中身を忘れてるからね。後に何にも残らないの。なんか時間だけ無駄にしたって感じ」

「酷《ひど》いなあ」

「酷いって、姉さんだってさっき時代遅れとか言ってたくせに」

「だって本当のことだもん」

「やだあ」

姉妹が笑い転げる中、不意に吉田が立ち上がる。

「すみません、博物館に持っていく遺品の選定をさせていただきますので」

そう言うと、そそくさと客間を出ていった。

「あのひと、自由にさせていいの？」

美由紀が兄の秀一に言った。

「しかたないだろ、母さんの遺言なんだから」

「いくら遺言だからって、何を持ってかれるのかわからないなんて嫌だわ」

「それは大丈夫だ。今も金目のものは選ばないよう釘を刺しておいただろ。もしも高価なものを選んだりしたら、そのときは訴訟だ」

「ならいいんだけど」

まだ安心できないといった様子で、美由紀は吉田の出ていったドアを見つめる。

「さて、わたしは成子さんのところに戻らせていただきますわ。ココの様子も見たいですし」

今度は智代が立ち上がった。

「美由紀さん、寝室の鍵をお貸し願えませんか」

「え？　あ、はい」

美由紀が鍵を渡すと、智代は一礼して客間を出ていく。その様子を見送った後、義弘が言った。

「あの女の素性を調べさせた。畠中智代、六十四歳。この町に生まれこの町に育ち、この町で結婚して家庭を築いた。子供はなし。旦那と喫茶店を開いていたが、その旦那は三年前に癌《がん》で死亡。以後、ひとりで店を切り盛りしている。食うには困らない生活だが、余裕はない。今回の相続は文字どおり、棚からぼた餅だろうな」

「ぼた餅にしては大きすぎるわよ。文字どおりシンデレラストーリーじゃない。王子様もいないし歳も取りすぎてるけど」

美由紀が意地悪く言った。

「ねえ父さん、本当にあの女に十億もやらなきゃいけないのかよ?」

鷹雄が苛立たしげに尋ねる。

「そんなのおかしいよ」

「たしかにおかしいな。しかし遺言は正式なものだ。俺たちにはどうすることもできん」

義弘は肩を竦《すく》める。

「しかたがない。諦めろ。お義母さんが残してくれた遺産の中のほんの一部だ」

「一部でも十億だよ。ああ、理不尽だ」

鷹雄が未練たらしく愚痴《ぐち》っていると、客間のドアが開いて男性がひとり入ってきた。

「遅くなりましたあ」

「なんだ卓也、髪はぼさぼさだし服はよれよれだし。それで母さんを見送るつもりか」

秀一に窘められても男性――滝森卓也は畏《かしこ》まる素振《そぶ》りも見せず、

「いいじゃない、通夜は明日なんだしさ。俺たちも普段どおりにしてるのが一番いいさ」

そう言うと部屋の中を見回し、

「あれ? あのひとは? ココと一緒に十億円相続したってひと。いないの?」

「母さんの寝室にいるわ」

美由紀が答える。

「ずっと母さんに付きっきりよ」

「死体と一緒か。変人だな」

「母さんのことを死体とか言うな。おまえが言うと殺されたみたいに聞こえる」

秀一が叱る。卓也はやはり気に留める様子もなく、

「母さんの死因は死亡診断書どおりなんだろ？　まさかその畠中ってひとが遺産とココ欲しさに母さんを殺したってわけじゃ――」

「そんなことあるわけないだろ。医者が最期を看取ったんだから。何でもかんでもミステリみたいに考えるのが、おまえの悪い癖だ」

「ミステリ作家の性《さが》と言ってよ。まあこの流れだと次に起きるのは遺産を巡る殺人事件かな。みんな母さんの遺産がほしくてたまらない人間ばかりだから。殺されるのは兄さんか姉さんか、それとも俺か……」

「やめてよ、縁起でもない」

美由紀が顔を顰《しか》める。卓也は口の端で笑って、

「それとも、畠中さんが殺されるかもね。そのひとが死んだら、十億の遺産はどうなるのかな？」

「遺言の効力は母さんが亡くなった時点で発生しているから、どうなるかは畠中さんの問題だな」

義弘が応じた。

「夫も子供もいないから誰か他の親族にいくか、あるいは――」

「やめてよ、あなたまで」

「全然関係ない誰かの手に渡るわけか。納得できないなあ。いっそさ、今のうちにココを殺しちゃう？　そしたら畠中さんも遺産を受け取る理由がなくなって――」

と卓也が物騒なことを言っているとき、遠くでチャイムが鳴った。

「あ、もう来たのかしら」

美由紀が立ち上がり客間を出ていったが、程なく戻ってきた。

「お迎えよ。母さんを葬儀場へ運ぶ霊柩車が来たわ」

「よし、じゃあ行くか」

秀一が立ち上がると、他の親族も席を立った。

二階の寝室に秀一、萠子、義弘、美由紀、卓也の五人と葬儀社の社員二名で向かう。が、ドアを開けようした秀一が訝《いぶか》しげに、

「……おかしい。鍵が掛かってるぞ」

ドアノブを回そうとしても動かない。

「おい、ドアの鍵は？」

「さっき畠中さんに渡したわよ」

「ああ、そうだったな。ここに来てないいってことか」

「どこか他のところにいるのかも」

「しようがないな。捜そう。すみません、皆さんはここで待っててください。すぐに鍵を持ってきますから」

葬儀社の社員に言って五人は手分けして屋敷内を捜した。

「どうしたの？」

客間にいた綾花と彩香と鷹雄と香月が出てくる。

「畠中さんを捜して。いないの」

美由紀に言われ、全員で捜索を始めた。一般の住宅よりは遥かに大きいものの九人がかりで五分もすれば屋内のすべてを調べることはできた。しかし智代の姿はどこにも見つからなかった。

「一体どこに行ったんだ？」

憤然としながら秀一が呟く。

「まさか、家を出ていったんじゃあるまいな」

「それはない」

即座に義弘が否定した。

「玄関を見たら、靴があった。まさか靴も履かずに飛び出していったとも思えない」

「じゃあ、この家の中にいるのか。しかしどこを捜してもいないんだぞ」

そのとき香月が思いついたように、

「もしかして、寝室にいらっしゃるのでは？」

「何言ってんだ。鍵が掛けられたままだったじゃないか」

夫の鷹雄に反論されたが、

「内側から鍵を掛けてるかもしれないじゃない」

香月は言い返す。

「なんで鍵を掛けて中にいるんだ?」

「知らないわよ。でも、捜してないのはあそこだけでしょ」

そう言われると、誰も反論できなかった。

「……よし、戻ろう」

秀一の指示で全員寝室に向かった。ドアの前では葬儀社員たちが所在無げに佇《たたず》んでいる。

「誰か出てきましたか」

義弘の問いに彼らは首を振る。美由紀がドアをノックした。

「畠中さん、います? いたらドアを開けてください」

しかし返事はなかった。

「やっぱりいないのかなあ」

鷹雄が首を捻《ひね》る。

「あの……」

と、葬儀社員のひとりが、おずおずと声をあげた。

「この中に、誰かいる、かもしれません」

「どういうことですか」

美由紀が尋ねると、

「先程、皆さんがここを離れられた後、私たちはずっとここに立っておりましたが、中から何か物音がしたんです」

「物音?」

「はい。足音のような、何かを落としたような、そんな音でした。な?」

葬儀社員は一緒にいた同僚に同意を求めた。

「はい。たしかに聞こえました」

「ってことは、ここにその畠中って女が閉じ籠《こ》もってるのか」

卓也がドアを見つめる。秀一が弟を押し退けるようにして立ち、そのドアを叩いた。

「畠中さん、いるんですか。ドアを開けてください。何をしてんです? ドアを開けてください」

何度もドアを叩いたが、反応はなかった。

「おい、どうした? 何をしてる? 早くドアを開けろ!」

次第に声が大きくなり、ドアを叩く力も強くなる。しかし返事はなく、ドアも開かなかった。

「なんだよ、籠城《ろうじよう》かよ。あの婆《ばばあ》、どういうつもりだ」

鷹雄が悪態をつく。

「どうするの? このままだとお義母さんを葬儀場に連れていけないけど」

萠子が夫に訊ねる。秀一は行動で応えた。いきなりドアを蹴りはじめたのだ。

「おい、開けろ！　開けないと強引にドアを壊すぞ！　損害はあんたに賠償してもらうからな！」

それほど堅牢に作られているドアではないようで、彼の数度の蹴りを受けて少し開きかけた。が、そこで秀一の体力が尽きる。

「くそっ……」

荒い息をしながら、近くにいた鷹雄に眼をやる。

「やればいいんでしょ、やれば」

鷹雄はそう言うと、ドアに体当たりした。みしり、と音がしてさらにドアが内側に動く。続けてぶつかると、いきなりドアが全開した。勢い余って鷹雄は室内に転がり込んだ。

「っ痛！」

肩を床に打ちつけた彼が呻く。その後ろから滝森家の面々がどっと寝室内に飛び込み、そして悲鳴があがった。

ベッドに横たわる滝森成子に寄り掛かるようにして、畠中智代は倒れていた。突入してきた人々に顔を向けている。半開きのまま動かない眼が、彼女の命がすでに失われていることを示していた。

悲鳴をあげたのは香月だった。錯乱状態で喚《わめ》きつづける妻を押し退け、鷹雄が智代に近付く。

瞳孔と首の動脈を確かめると、

「死んでるな」

と呟いた。

「誰か、警察に電話してよ。これ、殺人だよ」

「は？　何だって？」

義弘が息子に問い返す。

「どういうことだ？　どうして殺人なんだ？」

「だって、明々白々じゃん」

鷹雄は父親に遺体の頸部を指し示した。

「扼痕《やくこん》がある。誰かがこの婆さんの首を絞めて殺したんだ」

「首を……本当か」

「現役の医者の見立てを疑う？　とにかく、これは警察の仕事だよ。早く一一〇番して」

「わたしがするわ」

萠子がそう言って寝室を出ていった。鷹雄は立ち上がると室内を見回す。窓や壊されたドアの鍵を確かめ、呟いた。

「……妙だな」

「何が？」

綾花が尋ねる。

「ドアには間違いなく鍵が掛かっていた。窓も内側から施錠されている。変だ」

「どうして？　変じゃないわよ。だって智代さんがこの部屋の鍵を持ってたのよ。犯人は智代さんを殺した後でその鍵を使ってドアを施錠して逃げたんでしょ」

その反論に対して鷹雄は、床から拾い上げたものを突き出して見せる。

「鍵って、これだろ？　母さん、よく見て」

おそるおそるといった様子で美由紀は鍵に顔を近付ける。

「……ええ、これがこの部屋の鍵。間違いないわ」

「じゃあ、この鍵で犯人がドアを閉めるのは不可能だったってわけだね。てことは、誰かが内側から鍵を掛けた、かな？」

「誰かって……まさか、智代さんが？」

綾花が訊くと、鷹雄は、

「ああ、被害者が身を守るために最期の力を振り絞って鍵を掛けて、その後で絶命したってパターンか。ミステリの常道だな。そうだよね、叔父さん？」

「ん？　あ、ああ……たしかにそういうの、よくあるな」

卓也が応じる。

「でもどうなんだ鷹雄君。智代さんがそんなことできたのか」

「無理だね。首を絞められると絶命するより先に失神するから。犯人が立ち去った後で鍵を掛けるなんてことはできない。ついでに言っとくと、祖母ちゃんにも無理だよ。ずっと前に死んでるからね」

　面白い冗談でも言ったつもりなのか、鷹雄は少し笑った。

「となると、犯人はこの密室をどうやって作り上げたのか。叔父さんは、どう思う？」

「どうって……まだ見当もつかないが」

「専門家でしょ。密室トリックの中で、ここで応用できるもの知らない？　あ、叔父さんの好きな糸と針のトリックはどう？」

「このドアでは……無理だな。ドアとドア枠の間には隙間もないし、機械的なトリックとかは使われていないと思う」

「そうか。じゃあ他に方法は……ああ、もしかして俺がドアを破って飛び込んだとき、犯人はまだ部屋の中にいたとか？」

「え？　そんなことあり得るの？」

　香月が夫に尋ねる。

「だってわたし、あなたが飛び込んで床に倒れたとき、すぐ後ろにいたけど、部屋の中には誰もいなかったわよ。ちゃんと見たんだから」

「だからさ、隠れてたんだよ」

「どこに？　この部屋に隠れるところなんて――」

「あるんだ。これも古典的トリック。俺が飛び込んだとき、犯人はドアの後ろに隠れてたんだよ。俺の後でみんなが部屋に入ってきただろ？　その後で犯人はこっそりドアの裏側から抜け出したってわけさ」

「ああ、なるほどね。そういうことなら――」

「残念だけど、それはないよ」

そう言ったのは、卓也だった。鷹雄は訝しげに眉を寄せて、

「どうして、そう言い切れるの？」

「だって俺、確認したから。鷹雄君がドアを壊して中に飛び込んだとき、咄嗟《とっさ》に『ミステリの定番みたいな光景だな』って思ったんだ。ドアが蹴破られて中に入ると遺体がある。部屋は内側から鍵が掛けられていて出入りすることは不可能なのに犯人の姿はどこにもない。こういうシーンを何百回も読んだり見たりしてきたすれっからしのミステリマニアが最初に考えるのは、ドアの後ろに犯人が潜んでるんじゃないかってことだよ」

「つまり、叔父さんもその可能性を考えたってことか。それで？　ドアの後ろを確認したの？」

「真っ先にね。でも、誰もいなかった」

「そうか。まあ、絶対にそうだとまでは思ってなかったけどね」

鷹雄は苦笑する。

「さて、素人《しろうと》探偵の推理はここで行き詰まっちまった。後はプロに任せようかな。叔父さん、意見は？」

甥《おい》の挑むような問いかたに、卓也は一瞬不快そうな表情を見せたが、首を振った。

「……いや、俺は小説を書くだけだ。実際の事件捜査のプロなんかじゃない。俺たちにできる

のは警察が来るのを大人《おとな》しく待つことだけだよ。現場を荒らすのはこれくらいにして、一旦引き下がろう」

彼の言葉に応じて、一同は寝室を出た。

「吉田さん、あんたも災難だな」

客間に戻る途中、秀一が言った。

「まさかこんなことに巻き込まれるとは思わなかっただろう。まあ、私もだがな」

「はい。驚いております」

吉田は恐縮するように言った。

「吉田、さん？」

卓也が不審そうに訊き返す。

「ああ、おまえはまだ会ってなかったな。こちら、遺品博物館の吉田さんだ」

秀一の紹介に吉田はぺこりと頭を下げた。

「どうも、はじめまして。吉田と申します」

「ああ、あなたがそうですか。はじめまして。滝森成子の次男の卓也です」

ふたりはぎこちない挨拶を交わした。

警察の一団がやってきたのは、程なくのことだった。

「刑事課の雨宮《あまみや》と言います」

現場の指揮を取っているらしい年輩の刑事が、滝森の面々に挨拶した。

「この度はとんだことで。お力落としのことと思いますが、是非とも捜査にご協力いただきたく思います」

「お力落としじゃないわねえ」

彩香が言った。

「だって家族でもなんでもない赤の他人だもの。むしろせいせいしたんじゃない、わたしたち」

「そんなこと言うもんじゃありません」

萠子が叱責したが娘は動じる様子もない。雨宮刑事はそんな彩香を興味深そうに見ていたが、

「殺害された畠中智代さんのことは、だいたい伺いました。亡くなられた滝森成子さんのお友達だったんですね。そして遺産を受け取る代わりに成子さんが飼っていらした猫を引き取ったと――」

「そうだ、猫！」

綾花が突然、声をあげた。

「ココは？　ココはどこ？」

「そういえば……いないな」

「どこに行ったんだ？」

一同がざわつく。

「落ち着いてください。とにかく順番に整理していきましょう」

雨宮刑事が皆を落ち着かせる。

「まず、皆さんのお名前を教えてください」

刑事に促《うなが》され、秀一が全員を紹介した。雨宮はひとりずつ顔を確認して手帳に記入していく。その手が止まったのは、秀一が吉田を紹介したときだった。

「遺品博物館の吉田さん……？」

「母の遺品を収蔵するためにいらしたんです」

秀一が言うと、吉田は頭を下げた。

「どうも、吉田と言います」

「吉田さん……」

雨宮は不思議なものでも見るような眼付きで吉田を見つめた。何か言いたそうな顔だったが結局何も言わず、

「ちょっと失礼」

と言って客間を出ていった。残された人々は不安そうに互いの顔を見合わせ、黙り込む。

雨宮刑事が戻ってきたのは五分ほどしてからだった。

「失礼しました。お話を続けさせてください。では今日あったことを聞かせてもらえますか」

これも代表して秀一が話した。成子が亡くなり、今日はこの家での最後のひとときを家族と共に過ごしていたということ。ココの引き取り手である智代が成子がいる寝室にひとりで向かったこと。葬儀社からの迎えが来たので寝室に向かうとドアに鍵が掛けられており、そのドア

を破って中に入ると智代が死んでいたこと。智代に預けたドアの鍵は遺体の傍に落ちており、窓にも鍵が掛かっていたこと。ドアを破ったとき室内には遺体の他に誰もいなかったのは確認していること。

「……なるほどねえ。まるで推理ドラマでも観ているみたいな話ですな」

雨宮刑事は持っているペンで鼻の頭を掻きながら、

「部屋の鍵は間違いなく掛けられていたんですか」

「それは間違いありません。ドアを破ったときに鍵は壊れましたが、施錠された状態であることはそれでもわかると思います」

「窓にも鍵が掛かっていたと……そうだ、部屋の鍵は他にはないんですか」

「室内にあった、あのひとつだけです」

「そうですか。いつもは誰が持っているのですか」

「亡くなるまでは母が。亡くなってからは妹の美由紀が保管していました」

「わたしが預かったのは昨日からです」

美由紀が補足する。

「母の世話をしてくれていた看護師さんから渡されました」

「看護師？」

「母は家で死にたいと言ってまして、あの部屋で看護師の付き添いを受けてたんです。正確には看護師の資格を持つ家政婦さんですけど」

「そのひとは、どこに？」

「今日は来ていません。母の死がショックだったらしくて、家で休んでいるそうです」

「そうですか。後で話を聞きに行きましょう。名前と住所を教えてください」

「芦田《あしだ》喜代子《きよこ》さんです。住まいは――」

美由紀が住所を教えた。

「ありがとうございました。ところで――」

雨宮が言いかけたとき、

「遅くなりました」

と声がして、ひとりの小柄な男性が入ってきた。

「いや、意外と早かったよ」

雨宮の表情が緩《ゆる》む。

「紹介します。私の同僚の……」

「鈴木《すずき》です。よろしくお願いします。雨宮さん、私にも皆さんを紹介していただけますか」

「あ、はいはい」

雨宮は自分のメモを見ながら、その場にいる者たちについて説明する。

「なるほど、吉田さん以外は滝森成子さんの御親族なのですね」

鈴木はにっこりと微笑んで一同を見回す。

「わかりました。現場を見たいんですが、いいでしょうか」

「かまわないよ。案内する。皆さん、すみませんがちょっと待っててください」

雨宮と鈴木が出ていくと、綾花が大袈裟《おおげさ》に溜息をついた。

「こんなの、いつまで続くの？　もういや」

「しかたないだろ。事件なんだから」

秀一が諭しても、綾花は不満げに眉を顰《ひそ》める。

「このままだと母さんを葬儀場に連れていけないわねえ」

美由紀も疲れたような顔になる。

「わたし、考えたんだけど」

そのとき、彩香が言った。

「智代さんを殺した犯人、この中にいるんじゃない？」

「なんてことを言うの！」

萠子が声をあげた。しかし彩香は意に介さず、

「だってそうでしょ。外から誰か入ってきて智代さんを殺して逃げたって考えるより、この中の誰かが殺したって考えたほうが自然だもの。だってここには、あのひとに恨みを持ってる人間がいっぱいいるもの」

「そんな。誰もあのひとを恨んでなんかいないわよ。何を言ってるの？」

「母さん、嘘つかないで。赤の他人に十億も持ってかれて恨まないわけないでしょ。少なくともわたしは恨んでたわよ」

「彩香、おまえまさか、自分が犯人だって告白するつもりか」

鷹雄が突っ込むと、

「違うわよ。わたしにだって動機があるんだから、みんなにも同じようにあるってこと。鷹雄君だって、そうじゃない？　さっきも『本当にあの女に十億もやらなきゃいけないのかよ？』とか言ってたでしょ」

「そりゃ言ったけどさ、でも殺そうなんて思ってないぞ。第一さ、もしも俺があのひとを殺したとしても、あのひとが受け取る十億円を手に入れられるわけじゃないだろ。意味ないじゃん」

「自分の手に入らなくても、あのひとの手に渡らなければいいって思ったのかもよ。自分が幸せにならなくても他人が不幸になるなら満足って思うかもしれないしね」

「おまえ、自分がそういうえげつない考えかたをするからって、俺も同じだなんて思うなよ」

「鷹雄君、自分が聖人君子《くんし》とでも思ってる？　冗談きついわ」

「よしなさい彩香」

秀一が娘の雑言を止めた。

「親戚同士で疑心暗鬼になっても、いいことなんかないぞ」

父に言われ、彩香はしぶしぶ口を噤《つぐ》んだ。

「母さんがあんな面倒な遺言なんか残さなければ、こんなことにはならなかったのに」

今度は美由紀が愚痴をこぼす。

「あのひと、昔からそうだったのよね。芸術家気質っていうのか、思いついたらすぐに実行で、いきなりアラスカへ旅行に行ったりアフリカまで象を見に行ったり、そうかと思えば寺に籠もって座禅を組んだり滝行したり。慈善事業にだって相当注ぎ込んでたしね。でも母親らしいことはほとんどしてもらったことなかったわ。学校で『お母さんの得意料理』についての作文を書けって宿題が出たとき、本当に困ったわよ。わたし、母さんが料理を作るところなんか見たことないもの。全部家政婦に任せっきりだった」

「たしかに、おふくろの味というものは我が家にはなかったな」

秀一が同意する。

「そもそも食事を気にかけないひとだった。アトリエに籠もって絵を描きはじめると、ろくに食事もしなかったし」

「料理だけじゃない。家事全般しなかったよ」

卓也も言う。

「子供の教育とかにも関心なかったな。完全放任主義」

「その分、小さい頃は父さんが教育熱心だったけど。わたしや兄さんの進学のことも気にしてたわ」

「俺たちをフランスの大学に入れたがってたな。それはこっちからお断りしたけど」

秀一が笑う。

「なんにせよ、おかしな両親だった。金と会社を遺してくれたのは感謝しかないが」

「芸術的センスは全然遺してくれなかったけとね」

「そんなことないだろ。俺の小説だって芸術だ」

卓也が反論すると、

「わたしの宝石デザインだってそうよ」

彩香も同調する。

「ちゃんと遺伝してるところにはしてるのよ」

「猫好きは？」

綾花が言った。

「お祖母ちゃんの猫好きを誰か引き継いだ？」

みんな顔を見合わせる。

「わたし、猫好きです」

手を挙げたのは香月だったが、

「おまえは違うだろ。血縁じゃないし」

鷹雄に言われ、むっとした顔になる。

「たしかに血の繋がりはないけど、あなたと結婚する前から滝森成子の絵は大好きだったし、猫だって子供の頃に飼ってたもの」

「関係ないよ、そんなもの」

「そんなものって！」

香月が言い募ろうとしたとき、

「お待たせしました」

雨宮と鈴木が戻ってきた。

「いろいろとお話が弾んでいたようですね。部屋の外にも聞こえてましたよ」

雨宮が意味ありげに言った。

「盗み聞きしてたんですか」

「たまたま聞こえてきただけですよ」

刑事は秀一の抗議をやんわりとかわす。

「それで、何かわかりましたか」

義弘が尋ねると、

「まあ、いろいろと」

雨宮はそう言って、鈴木に視線を向ける。

「そうですね。いろいろと」

鈴木は頷き、

「ところで吉田さん、何を博物館に収蔵するか決まりましたか」

と尋ねた。いきなり話を振られた吉田は戸惑いながら、

「いや、その、まだはっきりとは。こんなことになってしまいまして、正直困惑しております。日を改めて伺ったほうがいいのではないかと思っております」

「そうですね。遺品博物館は収蔵品を選定するために厳正な審査をすると聞いています。この

ような状況ではそれも難しいでしょうねえ」

「遺品博物館のこと、知ってるんですか」

鷹雄が尋ねると、

「噂に聞いただけですがね。それはともかく、ひとつ、お伺いしたいことがあります。滝森成子さんの指輪のことです」

「指輪？」

「はい。成子さんのご遺体の指にダイヤの指輪が嵌められていますね。あれはあのまま火葬場にまで着けていかれるのですか」

「いいえ。棺桶に納めるときに外すことにしてます」

「そうでしたか。やはりね。あれほど高価なものをそのままご遺体と一緒に焼かれてしまうとは思えなかったもので」

「高価じゃないわよ」

彩香が口を挟んだ。

「あれ、ダイヤに見えるけどキュービックジルコニアだから」

「本当ですか」

「もちろん、確かめたもの」

「息を吹きかけて？」

「そう。刑事さん、そういうことも知ってるんだ」

「少しだけ知識がありますのでね。そういえば彩香さんは宝石デザイナーをされてましたな。なるほど、では間違いないようですねえ」

鈴木は顎を掻きながら愉快そうな表情を見せた。

「何かわかったかね？」

雨宮刑事が尋ねると、鈴木は頷きながら、

「わかったと思います。ついては――」

鈴木は雨宮の耳許に何か囁《ささや》いた。

「……よし、すぐに調べさせよう」

雨宮は再び客間を出ていく。鈴木は部屋にいる全員の視線を浴びていることに気付いたのか、小さく咳払いをして、

「では皆さん、しばらく私の話を聞いてください。今回の事件は、じつはそれほど複雑なものではありません。至ってシンプルな出来事が偶然重なって起きたことで、一見不可思議な出来事のように感じられるだけのことです」

「なんか名探偵じみた言いかただな。刑事さんもミステリ好き？」

「趣味で何冊か読みました。クリスティが好きです」

「道理で。なんか喋りかたがポワロみたいだ」

卓也が口を挟む。

「それでエルキュール、もう事件は解決したのかな」

鈴木は彼の当てこすりを笑みで返して、

「ええモナミ、大体のところはわかりましたよ」

「犯人も？　この中にいる？」

「それは、これから説明いたします。いささか私の想像も混じりますが、おおよそのところは間違っていないと思います。畠中智代さんは田端美由紀さんから鍵を借り受け、滝森成子さんの遺体が安置されている寝室に入りました。そこで思わぬ出来事に遭遇しました」

「思わぬ出来事って？」

綾花が合いの手を入れる。

「先客です。彼女より先に寝室に侵入していた人物がいたのですよ」

「どうやって？　ドアは鍵が掛けられてたのよ」

「それについては、後に説明しましょう。ともかく智代さんは寝室である人物と鉢合わせしてしまった。そしてその人物にとって好ましくないあるものを見てしまったのです。それが何かについても後でお話ししましょう。ともかく、その人物は見られて困るものを見てしまった智代さんを殺害してしまった。そしてある方法で部屋から逃走したのです」

「何なんだそれは？　『あるもの』とか『ある方法』とか曖昧な言いかたばかりじゃないか」

秀一が不服そうに言う。

「本当に君は事件の真相がわかっているのかね？」

「申しわけありません。たしかに曖昧でしたね。では単刀直入に申し上げましょう。畠中智代さんを殺害したのは、あのひとです」

鈴木はひとりの人物を指差した。

「そうですね、吉田さん？」


「……私が？　そんな、そんな馬鹿な……」

名指しされた吉田は狼狽《ろうばい》していた。

「私はただ、収蔵する遺品を選びにここに来ただけで……」

「そうではないでしょう。あなたには別の目的があったはずです。それは、あるものを持ち出すことでした。そうですね？」

「…………」

吉田は答えない。

「あるものって何だ？」

義弘が尋ねた。

「それは成子さんが運び出される前に持ち出さなければならなかったもの、つまり遺体が身に着けているものです。指輪ですよ」

「あの指輪……」

「吉田さんは当初、指輪を遺品博物館に収蔵するという名目で堂々と手に入れるつもりでした。しかし秀一さんから強く反対され、持ち出すことができなくなった。なのでやむなく盗み出すことにしたんです」

「そこまで指輪に執着を？　でも、あれってルービックなんとかって偽物じゃ？」

萠子の疑問に、

「もっと価値のあるものだと思ってたのかも」

綾花が言うと、

「いや、彩香がキュービックジルコニアだと言ったとき、その男も部屋にいて聞いていた。あの指輪に価値がないことは知ってたはずだ」

鷹雄が指摘する。

「そうです。吉田さんはあれがダイヤでないことは知っていました。あなたがたよりもずっと前から」

「前から？」

「先程、私は成子さんの寝室に行き、遺体が身に着けている指輪を拝見しました。素晴らしいものですね。あれほど美しいダイヤモンドは、なかなかお目にかかることはできません」

「何言ってるの。あれはキュービックジルコニアだって言ったでしょ」

彩香が言い募る。

「わたしの見立てが間違ってるって言いたいの？」

「いいえ、決してそのようなことはありません。でも成子さんが着けている指輪は、間違いなくダイヤです。私も息を吹きかけてみました。あっと言う間に曇りが消えましたよ」

「そんな……どうして？」

戸惑う彩香に、鈴木は言った。

「だから、今はダイヤの指輪だということです」

その言葉の意味を理解するのに、他の一同は少し時間を要した。

「……つまり、さっきまではジルコニアで、今はダイヤの指輪に替わっていると？」

秀一が言うと、

「どういうことよ？　なんで安物の指輪をダイヤの指輪に掏《す》り替えなきゃいけないの？　ねえ刑事さん、どういうこと？」

美由紀が気ぜわしく鈴木に尋ねた。

「それはですね、成子さんがご主人から贈られた指輪というのが、現在ご遺体が着けているダイヤのものだったからです。吉田さんは本物を戻したのですよ」

「意味がわからない」

卓也が髪を掻きむしった。

「俺たちが見たときの指輪はジルコニア製の偽物だった。誰かが掏り替えたってことだな。それを吉田が本物に戻した。てことは、誰かがその前に本物と偽物を掏り替えてたわけだ」

「それは誰なの？　それも吉田？」

「いいえ、違います」

鈴木は美由紀の疑問を否定する。

「彼がこの屋敷に来たのは初めてでしょう？　彼には掏り替えることはできません。それが可能だったのは、亡くなる直前まで成子さんの身近にいて、亡くなった瞬間にも立ち会っているひとです。指輪はそのときに掏り替えられたのでしょう」

「それって……まさか、芦田さん？」

「そう、家政婦の芦田喜代子さんです。そして、吉田さんの奥様でいらっしゃる」

全員の息を呑む音がした。

「芦田さんの旦那さん……このひとが？」

「そうです。吉田さん、いや、もう本当の名前を言ってもいいですね。芦田孝康《たかやす》さん」

今まで「吉田」と名乗っていた男が、ぴくり、と体を震わせた。

「じゃあ、遺品博物館の学芸員だって話も……」

「このひとは、そうではありません。タクシーの運転手をしていらっしゃいます」

吉田――芦田孝康は視線を泳がせ、唇を震わせていた。

「芦田さん、あなたは奥様が成子さんのダイヤの指輪を自分のキュービックジルコニアの指輪に掏り替えたことを知って、急いで取り戻さなければと考えた。それは奥様の罪をないものにするため、ではないようですね。むしろあなたにとっては奥様の持っていた指輪のほうに執着があったように思えるのですが、違いますか」

鈴木の問いかけに、芦田は震える手を自分の頬に当て、掠《かす》れた声で言った。

「あれは……母の形見です。父が少ない給料から必死になって金を貯めて、母に贈ったもので……あいつには大事にしろよと言って渡したのに……それなのに……」

「奥様は自分が持っている指輪と成子さんの指輪がよく似ていることに気付き、これならわからないだろうと考えて掏り替えた。あなたは指輪を取り戻す方法を考えた。そのとき奥様から成子さんの遺言を聞いたんですね。遺品博物館に何かを渡すことになると。そこで考えた。本物の学芸員より先に滝森家に赴き、指輪を遺品として引き取ってこようと。しかし先程も言いましたように、それは秀一さんに反対された。でも、もともとこういう事態になるかもしれないと想定して準備はしていたようですね」

「本物を持ってきてたわけだ」

卓也の言葉に鈴木は頷く。

「芦田さんは頃合いを見計らって成子さんの寝室に赴いた。そして合鍵を使って中に入った」

「合鍵？　そんなもの、どこに？」

「芦田さんの奥様がこっそり作っていたのですよ。指輪を掏り替えるためにね。それを使って芦田さんは再度掏り替えを実行しようとした。しかしそのとき、部屋に智代さんが入ってきてしまった。指輪を抜き取ったところを見られたのでしょうか。言い逃れできない状況です。あなたは思い余って、智代さんを殺害してしまった」

芦田は項垂《うなだ》れた。

「……怖かったんです。逃げられなくて……」

「智代さんを殺害した後、あなたはすぐにでも部屋を出ようとしたはずです。しかし実際はずっと部屋にいた。何故か？　ここは私の想像になるのですが芦田さん、出るに出られない事情ができたのですね？　多分、指輪のことで」

「何があったの？」

彩香が訊く。

「ココです」

鈴木は答える。

「猫が指輪を奪ってしまった。より正確に言うなら、呑み込んでしまった。違いますか」

問いかけに、芦田は頷く。

「うっかり取り落としたら、あの猫がパクって……逃げ回るからなかなか捕まらなくて、やっと捕まえたときに足音が近付いてきました」

「皆さんがやってきた。芦田さんは慌てて内側から鍵を掛けた。そうとは知らない皆さんはドアが施錠されていることを知って、最初は智代さんが他のところにいるのではと考え、手分けして屋敷内を捜索されました。しかしそのときも部屋の前には葬儀社の方々が残っていた。芦田さんは寝室から出られなかった。そのうち、業を煮やした皆さんはドアを強引に破ろうとした。芦田さんにとっては絶体絶命のピンチです。思案につきたこの方はドアが開いた瞬間、咄嗟にそのドアの裏側に逃げ込んだ。そして智代さんの遺体に驚いている皆さんの隙を突いて部屋から脱出したというわけです」

「ちょっと待ってよ。それはあり得ないって」

綾花がクレームを付ける。

「だってドアが開いたとき、裏側には誰もいないってことを確認したのよ。ねえ卓也叔父さん？」

「そう。確認されたのは卓也さんですね？」

「ああ……」

卓也が頷く。

「そして、誰もいなかったと嘘をついた」

「え？」

驚きの声があがる。

「叔父さん、嘘をついたの？　ほんとに？」

彩香の詰問に、卓也は答えない。

「でも、どうして卓也が嘘をつかなきゃいけないの？」

疑問を呈したのは美由紀だった。

「だって卓也とその男とは何の関係もないのよ。顔を合わせたのも智代さんの遺体が見つかった後だったし、知り合いでもなんでもないでしょ。ねえ卓也、そうよね？」

やはり卓也は答えない。

「確かにドアの陰に隠れている芦田さんを見つけたとき、卓也さんとは初対面でした。しかし彼を庇った。なぜなら、芦田さんがココを抱いていたからです」

「ココを……」

「ミステリ作家の卓也さんは、察しが早かった。誰だか知らないが、この男が智代さんを殺したに違いない。そして男の手にはココが抱かれている。いっそこいつがココも殺してくれたら、と」

「あ、そういえば卓也さん『今のうちにココを殺しちゃう?』とか言ってましたね」

香月の指摘に、

「あれはでも……」

と、卓也はやっと声をあげた。

「……あれは、そうなったらって想像しただけで」

「でも、その想像が現実化するかもしれない、と思ったのですね?」

鈴木の追及に卓也はしぶしぶ頷いた。

「そうだよ。だからこいつを逃がした」

「一度現場を離れた芦田さんはココを隠し、それから戻ってきて皆さんに加わったというわけです。これが事件の一部始終ですが、芦田さん、どこか違っているところはありますか」

「……そのとおりです」

小さな声で、芦田は言った。

「どうして、あんなことをしてしまったのか。殺さなくてもよかった。でもあのときは、見られてしまったという焦りがあって……申しわけないことをしました」

「してしまったことは、もう取り返しがつきません。あなたに今できることは、警察にすべてを話して罪を償《つぐな》うことです」

鈴木は諭すように言った。そのとき、

「いやあ、あなたの言うとおりでしたよ」

雨宮刑事が客間に戻ってきた。その手の中に一匹の猫が抱かれている。

「ココ！　どこにいたの？」

香月が駆け寄った。ココは雨宮の手から彼女の胸へと飛び移った。

「あなたの読みが当たりました。猫は芦田のバッグに入れられてましたよ」

「後から指輪を取り出すつもりだったんでしょうね」

鈴木が香月に抱かれているココの頭を撫でた。

「なるほど、いい子だ」

「でしょ？　でもこの子、指輪呑んじゃってるんですよね？　大丈夫かしら？」

「できれば早いうちに獣医さんに診てもらうほうがいいでしょう」

「そうですね。わたし、この子のかかりつけの獣医さんを知ってますから、今から連れてっていいですか」

鈴木は雨宮に目配せしてから、

「いいですよ。すぐに行ってください」

「ありがとうございます」

香月はココを抱えて部屋を出ていった。

「さて雨宮さん、芦田さんはすべてを告白されるそうですよ」

「なんと。自白させたんですか。刑事顔負けですな。で、やはりあなたのお考えどおりでしたか」

「ええ、ほぼ当たっておりました」

「ちょ、ちょっと待って」

鷹雄がふたりの会話に割って入った。

「今の話を聞いてると、このひと刑事じゃないみたいなんだけど」

「もちろん、刑事ではありませんよ」

鈴木はあっさりと言った。

「雨宮さんにはそう紹介しておいてほしいとお願いしましたが」

「じゃあ、あんたは……？」

「申し遅れましたが、鈴木というのは本当の名前ではありません」

彼は一礼した。

「私は皆さんをペテンにかけました」

「ペテン？」

「はい、ペテン師です。本当の名前は吉田・T・吉夫と申します。遺品博物館の学芸員です」

「以前に担当した事件で、吉田さんとは面識があったんですよ」

紅茶を啜りながら、雨宮刑事は語った。

「なのでここに来て全然知らない人間が遺品博物館の吉田と名乗っているのを知って、これはどういうことだと思ったわけです。もしかしたら事件に関係するかもしれない。だとしたら迂《う》闊《かつ》に嘘をばらすより様子を見たほうがいいだろう。本当の吉田さんに事情も聞いておこう。そう思って尋問の最中に席を外して吉田さんに電話を入れたわけです」

「私より先に私を名乗る人物がこのお屋敷を訪れていると聞いて驚きました。ちょうどこちらに向かっている最中でしたので、贋者の正体がわかるまで自分が本物であることは隠しておこうと雨宮さんと打ち合わせておいたのですよ」

「おかしなこと考えるのね」

綾花が笑った。

芦田孝康が連行された後、雨宮が事後処理のために残り、今は吉田と共に滝森家の人々と休憩しているところだった。全員疲れた顔をしているが、吉田だけは泰然として紅茶を楽しんでいた。

「しかしこんな厄介な事件に巻き込まれるとはなあ。母さんもあの世で驚いているだろうな」

秀一が言うと、

「まだ四十九日が過ぎてないから、母さんはあの世に着いてないわよ」

と、美由紀が混ぜ返す。

「さっきお祖母ちゃんの指輪を見てきたけど、たしかに本物のダイヤだったわ。わざわざキューピックジルコニアに取り替えに来なければ、あの芦田ってひとも人殺しにならずに済んだのにねえ」

「大切なものは、人それぞれですからね」

吉田が言った。

「卓也叔父さん、このネタで小説一本書けるね。そのときは探偵役、俺にしてよ。医者が探偵ってのも悪くないでしょ」

「そんなの、掃いて捨てるくらいいるよ。書くなら俺のシリーズ探偵を使うさ」

「あの探偵、地味すぎるわよ」

「彩香の好みじゃないってだけだろ」

みんながそれぞれに話している中、ふと思いついたように義弘が言った。

「それで、結局ココのことはどうなるんだ？　智代さんが死んでしまって、後の世話は誰がやる？」

「そして十億はどうなるのやら」

綾花が言った。

「それでしたら、御心配は要りませんよ」

吉田が言葉を返した。

「畠中さんも遺言を遺されてますから」

「ほんと？」

「どうして知ってるの？」

「どういう遺言を？」

「まあまあ。今から説明いたしますから」

いきなりの質問攻めに吉田は一同を落ち着かせた後、

「じつは遺品博物館への寄贈については滝森成子さんだけでなく畠中智代さんも一緒に申し込まれているのですよ。博物館に寄贈していただく場合には、きちんとした遺言書を作っていただくことにしております。なのでおふたり同時に遺言書も作成されました。その際、ココのことに関してもおふたりで取り決めをされていましたよ」

「取り決め？」

「もしも成子さんが亡くなったら、智代さんがココの面倒を見る。もしもココの存命中に智代さんが亡くなったら、そのときは……」

「そのときは？」

一同が、ぐっ、と身を乗り出した。吉田は小さく咳払いをして、

「ココの面倒を見るという条件で、智代さんが成子さんから譲られた遺産をそのまま田端香月さんに譲る」

「ええっ!?」

「香月さん？」

「香月？」

驚きの声があがった。

「成子さんは親族の方々より智代さんにココを託したかったようですが、智代さんはやはりココとココの財産は滝森家に近いひとが受け継ぐべきだと考えていたようです。ココが香月さんには慣れていることもご存じだったようですし」

「そんな話、俺は聞いてないぞ」

鷹雄が立ち上がる。

「それ、香月は知ってるのか」

「もちろん、その条件をしっかり伝えて納得していただいた上で、遺言書を作成されています」

「あいつ、俺にも言わないで……」

「まさか、十億もらって離婚するとか考えてないかな？」

卓也の言葉に、鷹雄は青くなる。

「そんな馬鹿なこと……でも……あいつ最近……」

「慌ててココを病院に連れていったの、そういう事情があったからなのね」

美由紀が得心したように頷く。

「ほんと、したたかな嫁だわ」

ざわつく滝森家の人々をよそに、雨宮刑事は吉田に尋ねた。

「ところで吉田さん、博物館に収蔵する遺品については、どうされますかな？」

「それでしたら、もう決まっております」

吉田は答えた。

「成子さんと智代さん、おふたりの絆《きずな》を象徴するものを収蔵するべきでしょう」

「ココですか」

「いや、生き物は範疇にありません。おふたりが出会ったカルチャーセンターでそれぞれが作った、羊毛フェルトの猫がよろしいかと。それでしたらペアで展示できますから」

解説

三島政幸（書店員・啓文社《けいぶん》西条店《さいじょう》）

「遺品博物館」は、亡くなった人々の遺品を所蔵する博物館である。

バルザックが使っていたペン、キュリー夫人が使っていたバッグなど、著名な人物の遺品もあれば、全く無名の、市井《しせい》の人が遺した物も収められている、奇妙な博物館だ。所蔵する遺品は一人につきひとつだけ、故人の人生において重要な「物語」にまつわる物を収めることになっている。

そんな遺品博物館には、ちょっと変わった学芸員がいる。その名も吉田《よしだ》・T・吉夫《よしお》。遺品博物館への寄贈を希望した人の遺品を選定するべく遺族のもとに向かうのだ。

太田忠司氏の『遺品博物館』のおおまかなあらすじを簡潔に紹介すると、以上のようになる。八編の短編からなる連作短編集だが、一編ごとにそれぞれ違った深い味わいがあり、全編読み終えるころには静かな感動が心に残っているはずだ。

本書の読みどころのひとつは、故人と遺された人々の関係性や、それぞれの想いが明らかになっていく過程だと思う。それは純粋な悼《いた》みや哀しみかも知れないし、あるいは怒りや憎しみかも知れない。

死者が遺すもの、といえば、遺言や遺産を思い浮かべる読者が多いだろう。遺産相続を巡って遺族が殺し合いをするような筋立てのミステリも数多い。

本書にも、遺産相続を巡る物語として「ふたりの秘密のために」が収録されている。日本有数の医療法人を運営する医師が死亡したが、彼には亡くなった妻との間に三男二女がいた。子どもたちが集められ、遺言状を弁護士が読み上げた。事業運営を含む財産の全てを、同じく医師である末っ子の次女に譲るものとする、と。ただし、海外で行ってきた研究を止めて帰国すること、三年以内に結婚することが条件であった。騒然とする兄姉たち。弁護士はなおも遺言を読み上げ続けた。さらに、所有物のひとつを遺品博物館に寄贈する、何を寄贈するかは博物館関係者に一任し、それが行われなかった場合、全財産は育英会に寄付するものとする。

ここで、吉田・T・吉夫氏の出番となるのだ。

次女に相続を放棄するよう働きかけたり、遺品博物館の介入に不満を露《あら》わにしたりする兄姉たちだったが、肝心の次女は遺言の真意をはかりかねていた。だが、彼女は吉田・T・吉夫が遺品を選定する過程で父の思いに触れることで、ついに決断を下すのだった。

『遺品博物館』には他にも、

・絶大な人気を誇るイラストレーターの遺志により人気ファンタジー小説シリーズの装画を依

頼されたイラストレーター。偲《しの》ぶ会にも招待されなかったのに、なぜ選ばれたのか。(「燃やしても過去は消えない」)
・悪性の腫瘍《しゅよう》のため若くして世を去った高校生の少女。彼女と付き合っていた少年は彼女との日々を小説にして出版し、ベストセラー作家となっていた。その後、奇しくも同じ病で亡くなった少女の母親の遺言を実行するため、彼女の住んでいた家に呼ばれるのだが……。(「不器用なダンスを踊ろう」)
・駄菓子屋を営んでいた老婦人が亡くなり、店の在庫だった玩具などを求めて四人のコレクターが集まった。老婦人の曾孫《ひまご》は彼らを「ハイエナ」と揶揄《やゆ》する。実は老婦人は、轢《ひ》き逃げによる事故死であり、四人のなかに犯人がいるのだ。(「何かを集めずにはいられない」)
・女王と呼ばれた女優は、三十三歳の若さで引退を発表した。当時流布《るふ》していたスキャンダルがあり、それがきっかけではないかと憶測が流れるものの、彼女は引退の理由を一切明かさなかった。それから数十年、その女優が死んだとき、スキャンダルの相手とされた元総理が訪ねてきた……。(「時を戻す魔法」)
など、故人と遺された者との意外な関係性や秘められた感情が、遺品を通して詳《つまび》らかになってゆく過程を描いたエピソードが収録されている。

本書のもうひとつの読みどころは、ミステリ的な展開の面白さにある。

最初の短編「川の様子を見に行く」には、吉田・T・吉夫氏のこんな発言がある。

「私ども遺品博物館では遺品の寄贈者登録をする際に、本人への聞き取りと並行して周辺事情についても調査をいたします」

まるで探偵の身辺調査のようではないか。

実はそれぞれの作品では、死者もしくは遺族に何らかの謎や秘密があり、それを吉田・T・吉夫氏がひも解いていくことになる。しかし彼の仕事はあくまでも博物館の学芸員であって探偵ではなく、ましてや警察でもない。謎を解明しても、そこからなにかできるわけではない。彼にできるのは、遺品にまつわる「物語」を見つけ出し、遺品博物館に収蔵する品物を選ぶことだけだ。

あとは遺された人々がどういう行動を取るかに委《ゆだ》ねられている（ただし、最初の「川の様子を見に行く」だけは、吉田・T・吉夫氏がある人物への断罪を示唆するシーンで終わっている）。

この〝探偵役〟のような調査や遺品の選定過程と、遺品の選定に関わらない限りは謎や秘密に対して執着を見せない〝探偵役〟らしからぬ立ち振る舞いが、いわゆるミステリの定型からは外れつつも却《かえ》ってミステリとしての面白味に寄与しているのではないだろうか。

遺品博物館は、なぜ存在するのだろうか。その理由の一端が、吉田・T・吉夫氏の発言から分かる。

「不器用なダンスを踊ろう」で、娘と妻を失った人物が、自分も死んでしまいたい、という趣旨の発言をしたのに対し、彼はこう言っている。

「故人は思い出され、振り返られることでこの世に繋ぎ止められます。死んでもなお、生かされるのです。でもそれは故人の記憶を持っているひとがいればこそです」

遺品は、それだけでは、ただの「物」である。しかし、そこに故人の想いと、遺された人たちの想いがシンクロすることで、大切な思い出の品になっているのだ。誰もが共感できることだと思われる、遺品という物が持つ価値を本書は改めて知らせてくれる。衣類や小物といった身の回りの些細な品物であっても、その人が使っていたという思い出があれば、意味を持つのだ。

その点でも、遺品博物館という施設は、実際に存在してもいいのではないかと思ってしまう。収蔵されている遺品ひとつひとつに「物語」の説明が添えられているだけの、シンプルな博物館になるだろうが、たっぷり時間をかけて味わえるだろう。

もし自分が亡くなるとしたら、何を遺品博物館に置いてもらうだろうか。いや、収蔵品を選ぶのは学芸員である吉田・T・吉夫氏なのだから、選択権はないのだが。

私が太田忠司氏の作品に最初に触れたのは、講談社ノベルスの『僕の殺人』（一九九〇年）である。綾辻行人《あやつじゆきと》氏の『十角館の殺人』（一九八七年）に始まる、いわゆる「新本格ミステリ」ムーブメントの中で、『僕の殺人』もその流れの一環として発表された。当時、新本格ミステリをリアルタイムで追っていた私の前に、太田忠司という全然知らない著者が現れたのだ（無名の作家が次々にデビューしていた時代である）。しかもオビには「一人六役の真実！」という文言が載っていたと記憶している。ただ、まだ若い読者だった私には正直「一人六役」の部分はよく分からず、なんかすごいことをやってのけた小説なんだろうなあ、くらいの印象しかなかった。（これはあくまでも刊行当時の私の印象であり、作品は青春ミステリの傑作であることは間違いないので、念のため）

『僕の殺人』の著者プロフィールにも明記されていたと思うが、太田氏は『僕の殺人』よりも前の一九八一年に「星新一ショートショート・コンテスト」で優秀作に選ばれ作家デビューしている。会社勤めの傍《かたわ》らショートショートを執筆していると、宇山日出臣《うやまひでお》氏から「本格ミステリを書きませんか？」と声を掛けられた。ここで二年かけて書いたのが『僕の殺人』だった。そして原稿を宇山氏に送ったが、たくさんあるはずの他の原稿よりも優先して読んでくれ、講談社ノベルスの八周年フェアに合わせる形で出版されたのだそうだ（星海社『新本格ミステリはどのようにして生まれてきたのか？　編集者宇山日出臣追悼文集』に寄せた太田忠司氏の追悼《ついとう》文による）。

その後は、本格ミステリを中心に、数多くの傑作を生み出している。なかでも代表格は、少年探偵〈狩野俊介《かのうしゅんすけ》〉シリーズや、映画化された〈新宿少年探偵団〉シリーズ、ドラマ化された〈ミステリなふたり〉シリーズあたりになるだろうが、青春ミステリからハードボイルド、ファンタジー、ショートショート、ホラーまで、実に幅広いジャンルの作品を発表している。なので、太田忠司氏の作風は？　と問われると、一言では答えられないのだ。

そんなバラエティに富んだ太田氏の数多くの作品から、私が特に偏愛するのは、『予告探偵　西郷家の謎』（中公文庫）――新本格ミステリ第一世代らしいトリックが炸裂《さくれつ》しており、ある意味「バカミス」と紙一重とも言えるが、その奇想を実現させる着想は、素晴らしいとしか言いようがない。

『黄金蝶ひとり』（講談社）――宇山日出臣氏が手掛けた「ミステリーランド」の一冊。「ミステリーランド」のコンセプト「かつて子どもだったあなたと少年少女のための――」に完全に合致し、基本的には児童書で子ども向きだが、大人の鑑賞にも堪えられる内容の、隅から隅まで仕掛けに満ちた傑作で、これを読んだ子どもは間違いなくミステリファンになるに違いない、と思っている。

残念ながらどちらも現在は入手困難になっている。復刊を強く求めたい作品である。

最後に、書店員の立場から見た太田忠司作品について。

盛岡の「さわや書店」さんが仕掛けて全国的に広まり、ベストセラーになったのが、ショートショート作品集の『星町の物語』（ＰＨＰ文芸文庫）。どうやらめちゃくちゃ売れているらしい、と風の便りに聞いて、私が当時勤務していた書店でも大きく展開して売った記憶がある。

先に書いたように、『僕の殺人』の頃から太田忠司氏の作品をチェックしていた私にとっては、やられた、先を越された、という思いが強かった。こういう仕掛けは、自分からまず発信して、広めていきたかったのだ。

同じように、『奇談蒐集家』（創元推理文庫）も仕掛けが当たり、全国的にもたくさん売れた。もしかすると『星町の物語』よりも先にこちらの方を大きく展開したかも知れない。なお『奇談蒐集家』は文庫版が発売されて十年以上となる現在もコンスタントに売れており、『怪異筆録者』（創元推理文庫）も同様にヒットしている。

本書『遺品博物館』も、『奇談蒐集家』『怪異筆録者』と同じような装幀で店頭に並ぶことになるだろう。厳密にはシリーズものではないが、テイストは似ている作品群だ。

最近ではなんといっても、『麻倉玲一《あさくられいいち》は信頼できない語り手』（徳間文庫）を挙げておきたい。連載していた出版社ではなく、徳間書店から文庫オリジナルとして出版され、新本格ミステリを思わせるサプライズに満ちたミステリとして大ヒットし、二〇二二年に「徳間文庫大賞」を受賞している。売れた、ということが、この作品の面白さを保証しているのだ。

太田忠司氏には、ぜひこれからも、書店店頭を賑《にぎ》わせてくださるような作品を発表していただきたい。というやや無茶振りなお願いを、最後にしておこう。

本書は二〇二〇年、小社より刊行された作品の文庫化です。

検印
廃止

著者紹介　1959年愛知県生まれ。81年、「帰郷」が「星新一ショートショート・コンテスト」で優秀作に選ばれた後、90年に長編『僕の殺人』で本格的なデビューを果たす。狩野俊介、京堂夫妻など人気シリーズのほか『奇談蒐集家』『怪異筆録者』『麻倉玲一は信頼できない語り手』など著作多数。

遺品博物館

2023年2月28日　初版

著者 太《おお》田《た》忠《ただ》司《し》

発行所 （株）東京創元社
代表者 渋谷健太郎

162-0814／東京都新宿区新小川町1-5
電話 03・3268・8231-営業部
03・3268・8204-編集部
URL http://www.tsogen.co.jp
モリモト印刷・本間製本

ISBN978-4-488-49014-0　C0193